慢走哦，小时光

张屹 著

广西师范大学出版社
GUANGXI NORMAL UNIVERSITY PRESS
·桂林·

图书在版编目（CIP）数据

慢走哦，小时光 / 张屹著．—桂林：广西师范大学出版社，2017.7（2022.5 重印）

ISBN 978-7-5495-9812-0

Ⅰ．①慢… Ⅱ．①张… Ⅲ．①散文集－中国－当代 Ⅳ．①I267

中国版本图书馆 CIP 数据核字（2017）第 129184 号

广西师范大学出版社出版发行

（广西桂林市五里店路 9 号　邮政编码：541004
网址：http://www.bbtpress.com）

出版人：黄轩庄

全国新华书店经销

广西广大印务有限责任公司印刷

（桂林市临桂区秧塘工业园西城大道北侧广西师范大学出版社集团有限公司创意产业园内　邮政编码：541199）

开本：880 mm × 1 240 mm　1/32

印张：6.75　　图：84 幅　　字数：80 千字

2017 年 7 月第 1 版　　2022 年 5 月第 3 次印刷

定价：38.00 元

目 录

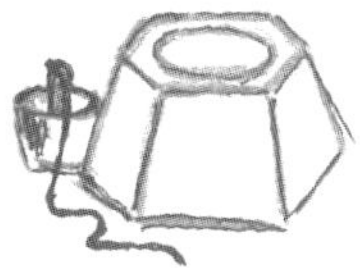

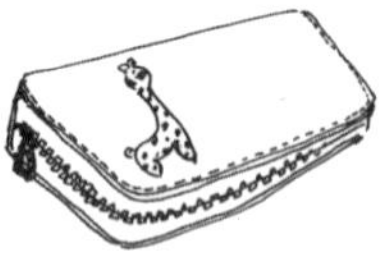

南
东

我的小像

家里有多幅我小时候的画像，都是与老爸相熟的老一辈著名画家的早期作品，有赵延年老先生的，有吴山明老师的，有吴永良老师的，有方增先老师的……

但我最钟爱这一幅。

这是老爸画的，周昌谷老师题字。从它诞生的那一刻起，就挂在我的床头，直到我第一次搬家。

后来兜兜转转，前几年，我又重新把它挂起来了。

别看画中的我头发乌黑发亮，那是创作的需要，“黄毛丫头”四个字，说的就是我。可能那时确实长得乖巧可爱吧，老师们都喜欢抓我做“麻豆”，给我画像，现在说来有点王婆卖瓜的意思。

那时，我大概六七岁，爸妈带着我，与大姨一家出去郊游，累了，在平湖秋月旁边的一间茶室里休息。我穿着一件黑黄相间的小兔子花样的毛衣，一顶样式时新的草帽背在身后，再加上满头黄毛，非常洋气。旁边一个阿姨看到，还以为我是外国娃儿，特地跑到我

面前来看个究竟。我被她看得不好意思，神情扭捏，老爸就抓拍下了这一刻。

照片洗出来，大家都非常喜欢。

老爸照着相片画下来后，特意去请教周昌谷老师。周老师与李震坚、方增先、顾生岳、宋忠元共同开创了“浙派人物画”，并创建了现代中国画人物画教学新体系，在全国都深有影响。周昌谷老师看了，说好，欣然题字。

可惜，前几年，周老师已作古。

我的小画，要在《杭州日报》刊出时，资深美女编辑说要一张小头像作栏目的LOGO，我挑了这一幅。她看后说：“满是爱意，别人是画不出的，那神态只有最亲的人才能抓得到。”

向阳院

写写画画这组东西，缘于我老妈。

2014 年，我生了场大病，在家休养，年迈的老妈不顾自己多病的身体，忙前忙后地照顾我。

有日聊天，妈妈说，她前晚又做了同一个梦，梦见我们那时住的地方了——

推开院子的大门，走进去，向右拐弯，路过两棵茂盛的无花果树，继续向前，上左边三个台阶，向右，就是她的家。

她说，她停留在房门口，想进去又没有进去，向里张望，看见一个人坐在桌前，但不知道是谁。她拼命睁大眼，想看清楚那是谁，就这么看着，看着，看着，就醒了。

我说，既然你这么记挂，干脆，我给你画一本吧。

我生于 20 世纪 60 年代末的杭州。在中国美术学院的前身——浙江美术学院的宿舍里，一直住到我读初一，我们家才搬走。

那条巷子，一头在河坊街，一头在定安路。那个院子的角角落

向阳院
上華光巷45號

落，一草一木，一砖一瓦，都承载着我童年的美妙回忆，直至现在都记忆深刻。

很奇怪，少年时期至青年时期，好像没有什么事还记得那么清晰，那么小的时候的事，反倒记得一清二楚。

有天恍然：童年无忧无虑，尽记得；后来有各色烦人恼事，潜意识中就不愿意去记了。可能，这就是传说中的选择性失忆吧。

那条巷子，是南北方向的。人家的院门，都是老老实实东西向，就我们这座院子很奇怪，从巷子往里凹进一块，大门就变成朝南了。

一幢日式的小洋楼，住着三户人家，其中一户就是大名鼎鼎的版画家赵延年老先生。我叫他老伯伯。今年，应有 91 高龄了吧，祝福他。

（补记：写这篇小文的时候，老伯伯还健在，2014 年 10 月，老伯伯竟去世了。唉……）

我有记忆的时候，应该是“文化大革命”进行得如火如荼之时。“向阳院”仨字，以及对联，是老爸写的。他还帮 47 号也写了一副。

两个院子的后门是通的，共用一口井，两个院子的人，关系都很好。

在那时，“向阳院”是时髦、上进的标志，居委会要求每个居民小组都要成立类似的组织，以显示紧跟伟大领袖毛主席的决心。当时还有一部电影叫《向阳院的故事》。

记得写对联时，正好夏天，放暑假，47 号的小组长拎来了油漆桶和笔，告诫道："不能写坏喽！"

两个院子的孩子们那个激动啊！还有也来看新鲜的大人，热热闹闹的一大拨儿，围着小组长和我老爸两人。老爸踩着凳子，直接沾了油漆往上写，我们伸长脖子张大嘴，生怕他写坏了。

薛家伯伯、薛家姆妈

向阳院里还有一户，姓薛，院子里无论年长年幼，都称他们夫妇二人为薛家伯伯、薛家姆妈。他家有“三宝”闻名 45 号院和 47 号院：茂盛的蔷薇花、薛家伯伯打喷嚏和薛家姆妈打喷嚏。

他们二人，外表截然不同，特征鲜明，简直就是动画片里男女主角的翻版。薛家伯伯高高瘦瘦，薛家姆妈矮矮胖胖。二人打喷嚏的特征是数量以多取胜。一般人最多打三个，他俩起码打十七八个。

打喷嚏的节奏，也完全是两种风格。薛家伯伯是暴风骤雨式，一气呵成；薛家姆妈则是慢条斯理型，有时听她好长时间不出声，以为打完了，冷不丁地又来一下。每次，不管他们谁开始打喷嚏，我都在心里默默地数着，看这次打多少个。明显的强迫症呵！

薛家姆妈种的蔷薇花，顽固地在我心里的某个角落扎下了根，开繁了花。这么多年来一直想种，却苦于没那么大的地儿。蔷薇花顽强地沿墙攀爬，大有要把房顶掀翻的意思，一嘟噜一嘟噜的粉嫩花朵从屋檐上挂下来，空气里都飘着甜丝丝的味儿。虽然喜欢得要

薛家伯伯的家

命，但我不敢去摘，因为有刺，有毛毛虫，恨得我心痒痒的，守着这么一大丛只能看着它花开花谢。

要知道，花儿，在一个小姑娘的成长过程中有多么重要的地位。小姑娘对它是完全没有免疫力的。

两棵茂盛的无花果树

这两棵茂盛的无花果树，是老妈结婚后，从娘家的无花果树上剪了枝丫来种上的。它们跟着我一起长大，每年都硕果累累。无花果，我小时候最好的小零嘴，那个甜啊。

前几天有同学看到这幅画，跟我说还记得这两棵树。

那时候，我们整天在院子里跑进跑出。

老妈剪来两根光秃秃的杆子插在地上，大家都怀疑：这样了，还会活？还会结果子？

只有老妈信心满满：你们就等着吃吧。

大概是老天爷眷顾，这两棵细脚伶仃的小树，慢慢地，长得越来越好，三年后果然结了果。这下一发不可收了，真的是“硕果累累”，每年多得不得了，根本来不及吃，熟透了的，就掉在树下又回归大地了。

我原本对无花果的好感，只停留在可吃、好吃的层面上，上学认字以后，老爸给了我一本书，那是一本掉了封面、从左往右翻的

無花果

竖排繁体字版《安徒生童话》，看得我眼花，看着看着就跳了排。现在想来是个老古董了，也不知它流落在何处。不过，里面几乎每篇都有写到无花果树，像国王的后花园啦、王子与公主谈情说爱的幽会地啦……无花果树在我心中一下变得“高大上”了。

老伯伯家的大娘舅

用杭州话说“大娘舅”，应该为“dou（读作‘豆’）娘舅”。他是老伯伯的长子，结婚后没有马上生孩子，所以很喜欢我的。有天傍晚下班后，大人都忙于烧饭，没人理我，我就孤零零地低着头背着双手，在老伯伯家门口踱过来踱过去。大娘舅看得罪古（杭州话，即可怜）死了，一把抱起我回了他家。这是老伯伯的女儿巧巧姨娘说的。

日本政界曾经有个田中角荣首相（1972年7月任首相，9月访华，从此中日邦交恢复正常），他做了什么我完全不知，因为那时还在上幼儿园。有天放学在美院大门口等老爸吃饭，不知哪来的粉笔，我捡起来就蹲在地上写了那几天刚学会的字：

张屹小朋友

牛羊吃东西

田中小大人

每个字都是按地砖的大小写的，写满了整个大门口。

老爸看到，回去当笑话说给大家听，说无意中蔑视了日本一回，大娘舅从此就叫我“张大人”了，一直到现在还改不了口。

我们的老式房子是没有浴室的，夏天到了，女人就搬了大盆放在房间里洗，而男人就在天井里对付了。赤膊，穿一条牛头短裤，一桶井水，一块肥皂，一块毛巾是标准配置。每天，陪大娘舅洗澡是我快乐的时光。他一边洗一边跟我搭话，说杭州城里有个叫“阿德”的人，走一步路要抖四抖，走两步就要抖八抖嘞。边说边装，逗得我笑个不停，外婆就在厨房里喊了：“造话（杭州话，即假话），娘舅又在说造话的。”

洗澡地点就在无花果树的左边，再左边是个阴沟，老房子是没有下水道排水的，只有靠泥土慢慢地自然渗透，所以旁边的无花果树长得那么好。原来院子里只住一户，阴沟尚可应付，后来住三户人家，那肯定吃不消了，所以经常堵塞，黑乎乎的水面上时不时冒出个泡泡。我很好奇，认真地蹲在边上研究了好半天，最后肯定地对老爸说：下面有只大乌贼住来东（来东，杭州话，指在这里）。

大娘舅还是个摄影爱好者，小时候很多照片都是他给我拍的。他有一整套自己动手拼凑制作的冲洗放大设备，经常晚饭吃完要印照片，有时我就跟着他在红兮兮的房间里学印照片，那昏红的氛围一直难忘。

大娘舅洗澡

外婆叫“达令”

老伯伯的家，在我小时候的眼中最宽敞、最豪华。他夫人，我叫她外婆，因我 4 岁时亲外婆就作古了，她又对我好，我便称她外婆。

外婆与老伯伯，是抗战时期在赣州相识相爱结婚的，他们家中有几件红木家具放在堂前，大气庄重，在我眼里可是非常非常气派。这是老伯伯妈妈的嫁妆。老伯伯的妈妈是苏州大户人家的大小姐。经历了战乱，家具没剩几件，1957 年老伯伯全家从上海搬到杭州时就带来了。

老夫妇二人绝对是恩爱夫妻，老伯伯是“文化大革命”运动中美院里最早受到冲击的二人之一，还有一位是潘天寿老先生。尽管历尽艰难，夫妻俩仍不离不弃。

老伯伯称外婆为“达令”，外婆叫老伯伯“赵聪”，我不懂了，心里纳闷：不是叫赵延年吗？后来才搞明白，原来外婆叫华苓，是参加“抗敌演剧队”时改的名，我听错了，而“赵聪”则是老伯伯以前的笔名。

对老伯伯家，我有二样最喜欢。第一喜欢看外婆做菜，红烧狮子头可称极品，看着大肉圆在外婆的两只手中滚来滚去，哈喇子就已经流下来了。第二喜欢看老伯伯刻木刻，“牛棚”生活唤起了老伯伯对鲁迅先生笔下小说中的人物的追忆，老伯伯以连环画的方式，将他们一一镌刻出来。

从“牛棚”回家后，老伯伯还是“靠边站”的人，刚好有时间尽情创作，鲁迅先生著名的《阿Q正传》《狂人日记》《祝福》等小说的版画插图就是在那个小院子里诞生的。老伯伯用犀利的刀法、夸张的造型和强烈的黑白对比，将小说中的人物刻划得活灵活现。我还给他当过一回“麻豆”呢，是《风波》一幅插图中的一个小姑娘。

老伯伯的家

我的家

我的家最小最逼仄，大概20平米都不到。一大一小二间。进门就是大间，多功能的，集卧室、餐厅、客厅为一体。贴着大门左边就是爸妈的床，床头边是一只五斗橱，离床三四步路就是餐桌了。餐桌前面一扇窗，外面就是厨房了，桌子一左一右放着两张靠背椅，其余有两张方凳收拢在桌子下，说是餐桌，其实什么事都在这里干。桌子的右边是另一只小一点的橱，这就已经到墙了。剩下右边靠门口，有一只放棉被的大柜子，我最不要听拉这扇门的声音了，它是老式的上下推拉式的门，因年久失修，已经不活络了，一推就吱吱嘎嘎地叫得我牙根发痒。

这样一圈下来，剩下中间能活动的地方，长宽都不过几步路。

我有自己的一个小房间，那是浴室改造的，放了一张单人板床后，就只放得下一张椅子和一只马桶。床还不是正经的床，是两张写字台，上面架一块木板，要放张椅子才能爬上去。有次睡迷糊了滚下来，还好，不痛，原来有蚊帐兜着，眯着眼爬上去继续睡。床

我的家

顶上，老爸自己搭了一个架子，放一些杂物。有次架子不堪重负塌了下来，还好我没睡在床上，逃过一劫。

窗外是一小块空地，我经常想着能在这里做点什么，但一直想不出，这个问题困扰了我很久。

我家也最清贫，老爸老妈工资加起来大概50元左右，还要赡养在乡下的奶奶，地板烂了没钱修，小舅抱着我时一脚踹通了一个洞，差点把我摔出去。图中画的地板上补了一块，就是那个洞。

生煤炉打井水

后窗外就是厨房。其实就是房间与围墙之间搭了一间“灶披间”，狭狭长长的一条。老妈请大舅来垒了一只土灶，大舅拿了一段钢管来做炉子的排气口。

那时大多数人家，烧的都是煤饼，所以我 9 岁就学会了生煤炉。先用火柴把废纸点着，放入劈好的细小的柴棍，等火燃一会儿，再加大柴棍，最后加煤饼。这么写写，二十几个字就说完了，但做起来，难度非常大。我始终不得要领，一把破蒲扇摇得噼啪直响也常常只见烟雾不见火，熏得整个厨房看上去暗幽幽的。有时大人下班了，我还在奋斗。有个同学说她也要发煤炉，没发旺她妈回来要“拷”（杭州话，指打人）的。

每天晚上封煤炉是另一件重要的事，封得不好熄掉也是经常有的事，第二天早上就没得泡饭吃了。

厨房门口放着一只大水桶和一只小吊桶，每天打井水是我的任务。厨房右手就是通向 47 号的后门，门后就是水井了。井，维系着

我家厨房

两个院子的生活饮用，水，清洌透澈，夏天用网兜兜一个西瓜下去，真真是透心凉。

吊桶的绳子一般是用橡胶条或麻绳做的，用旧了难免要断，偏偏经常在打水的时候出岔子。别急，47 号院一个高大结实又丰腴的大嗓门外婆会来帮你。她拿一长粗竹竿，一头绑着像锚一样的钩子，放下去，一会儿工夫就捞上来了。手到擒来。

奶粉黏在“天花板”上

井埠头就在47号院里，水井的安全保卫工作全靠王家奶奶了。

还没通自来水的情况下，这口井维系着两个院子几十口人的饮用，来不得半点差错，王家奶奶决不允许任何有损井水干净的行为发生。

她有两个孙女，小慧和小红。妹妹小红年纪和我相仿，人称“二奶奶”。我问过大娘舅为啥叫这个名字，原来她虽然年纪小，但古灵精怪，非常热心，样样事情只要给她晓得都要过问一下，院子里没有她不知道的事。她是排在她奶奶之后的第二个管事嬷嬷。又因为《红楼梦》中的管家凤姐是二奶奶，故得名。

我们经常在一起玩。有段时间不知怎么地，对当医生非常着迷，轮流一人做医生一人做病人，从头检查至脚，拿根棉签耳朵掏掏，鼻孔戳戳，甚至有时脱掉裤子在屁股上模拟打针。

她家条件比较好，我看到书架上放着一瓶奶粉——这是个稀罕物，一般要托人从上海买回来——我没喝过，就怂恿小红偷点来尝

小慧想吃苹果，但又不好意思直接说，就说：今早肚皮不消化。王泉伯伯慢悠悠地边泡脚边说：吃点焦泡饭好唻！彻底断了她的念头。

井埠头

王泉伯伯泡脚，水很烫，他的脚一浸一拎，腾了一伸一缩，活像动画片里的龟丞相，我和小红背后叫他“老乌龟”

尝。从来没干过这种事，两人紧张得要死，没用水冲，就慌慌张张直接把奶粉倒进嘴里。那叫一个难过啊。有限的口水把奶粉全都黏在“天花板”（杭州话，即口腔上颚）了，当时就发誓：打死我也不吃奶粉了。

可能两人一下倒得多了，晚上被小红妈妈发现了，小红被她妈打了一顿。

小慧比我大好几岁，我挂红领巾时她已经是红卫兵了，穿着军装挂了红袖章，神气的样子，让我对她只剩下仰慕了。一次她要去演出，带回来一套朝鲜族演出服，吃完晚饭，她穿上，飘出来，我那个羡慕啊，认为仙女下凡也不过如此。

王家伯伯，小红的爷爷，每天午睡起来要泡脚，他喜欢水很烫，脚放进去，烫得只好一浸一抬，脖子随着一伸一缩，活像动画片里的龟丞相，我和小红背后叫她“老乌龟”。

一天，小慧想吃苹果，但又不好意思直接说，就说：阿爹（读作 dia。杭州话发音，下同），今早肚皮不（读作 fe）消化（读作 huo），想吃只苹果。王家伯伯边泡脚边用上海话慢悠悠地说：吃点（读作 ai）焦泡饭好来。彻底断了她的念头！

出了很多大事

弟弟 1976 年 5 月出生时，我已经 8 岁。我抱他玩，给他洗尿布，喂他喝奶。那年发生了太多事情——弟弟出生、几个伟人去世、唐山大地震，真是个不平常的年份。

我清楚地记得我妈是在晚饭后肚子疼起来的，坐上自行车后架，由老爸推着去的医院。我独自一个人睡着，过了一会儿迷迷糊糊听见外面有人说话，是外婆："咦？大张，你们怎么回来了？"

原来，到了医院肚子又不疼了，被医生赶回来了。直到第二天才真正地疼了，那是 5 月 1 日国际劳动节。

弟弟出生后一个星期，老爸借了一辆三轮车，搬上一张铺了棉被的竹躺椅，带我去接老妈和弟弟出院。

过了两个多月，就发生了唐山大地震。大家都害怕，就在院子里过夜，七嘴八舌地说地震怎么怎么煞刻（杭州话，指厉害）、死了多少多少人。那时候信息远没有现在这么发达，只有报纸和电台，但亦足矣。

我也越听越慌，怕杭州也地震，那我不就死了吗？担心了自己又不放心弟弟，还傻傻地问：那弟弟嘎（杭州话，指这么）小才活了两个月就要死掉的啊？立即招来一片骂声，我马上假装睡着，顾不上担心死这个问题了。

冬天，尿布不会干，要烘，现在的人应该没见过这种竹笼吧。火罩在下面，尿布就搭在竹笼上烘。那是我闯的最大的一次祸，竹笼上烘着的尿布就要干了，鬼使神差地，我看到地上有张纸，而且有点大的，完全无意识地，捡起，用火钳夹牢，想也没想就伸进炉子，火一下蹿上来了，点着了尿布，我吓得呆住了。老爸跌煞绊倒冲进厨房，拎起笼子，扔进外面雪地里……我挨了好大一场骂。

记忆中还有两次挨打。一次是老妈教我认时间，怎么教都不会，打得我手背肿得像馒头。还是外婆看不下去，救了我，拉着我到她厨房门口坐着。外婆看我的手一眼埋怨一声，看我的手一眼埋怨一声，我委屈地抽泣着……

另一次是被老爸打，我偷偷拿了 5 分钱买了一根奶油棒冰，老爸拿了一根尺打手心，一下，没哭，再一下，终于忍不住了。

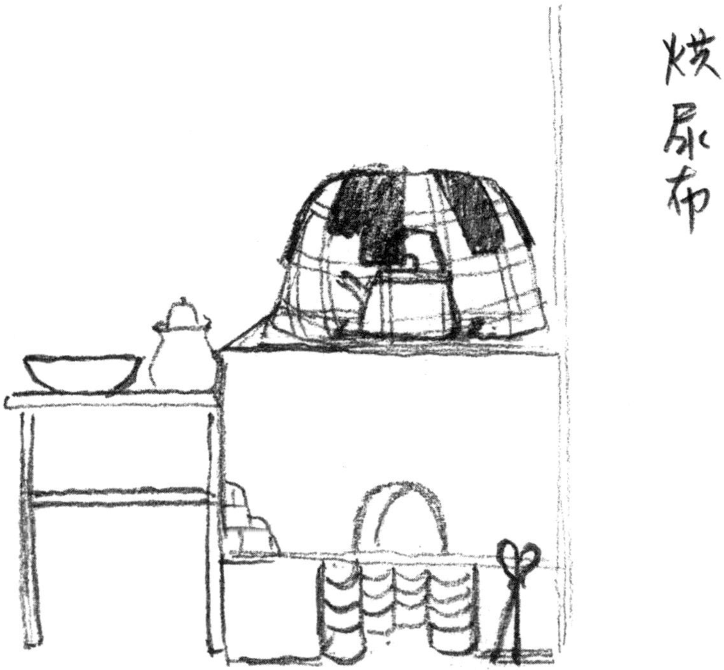
烘尿布

酸咪咪

不知道有没有人知道酸咪咪是什么。

南山路幼儿园跟美院只隔了一道篱笆，外婆过世后我就在这里上学。那时老妈单位离家远，住厂里，每星期回家一次，我和老爸就每天到美院食堂吃晚饭，所以放学了就跑进美院的大操场里玩，等饭吃。

有一天没事干，跑到篱笆前，幼儿园里还有几个小朋友没回家，一男孩手指头点着地上叫我：你采点这个酸咪咪给我吃吃。我一看，是一种小草，能吃？给他采了点，自己也没忍住吃了点，嗯……是酸酸的，味道还不错。旁边的小朋友也凑过来了，我采着，大家吃着，不亦乐乎。我蓦然一惊：吃了会不会死啊？拔腿就跑去找老爸，哭丧着脸问：爸爸，我吃了酸咪咪，会不会死啊？老爸被我吓了一跳：快带我去看是什么！二人跑到篱笆前，一看，原来是三叶草。

幼儿园里还有两件"奇葩事"。一是吃"早茶"饼干，那个时候这种饼干在杭州是很有名的。下午的点心时间，一人发两片，大小

吃酸咪咪

就跟现在的“奥利奥”差不多，上面刻了一只英式瓷杯子，端正地位于中心位置。小朋友之间的比赛开始了，要把这只小小的、只有一个小指甲盖大小的杯子完整地啃出来才算能干。这是一件非常有难度的技术活，饼干很松，易碎，而且还有口水的问题，哪天有人啃出了一只，总要炫耀半天，才把这只著名的杯子吃掉。

另一件关于迄今我的存在时间最长的绰号。班上有一个男孩特会给人取绰号，班里几乎所有的小朋友都被他取了绰号，按照我的姓氏，他赐予我的是：“张，张，掼过钱塘江，大家都来看，门缝里张张。”这，我一直记得，所以后来取网名为“小张张”。

“三剑刻”

放暑假了，快乐的时光！清早，趁着太阳还没晒过来，45号里的老、中、幼“三剑刻”开始用功了。老是老伯伯刻木刻，中是老爸刻图章，幼是我刻纸花。

三个人，每人一个方凳一个小凳，搬到院子里，各自埋头，吭哧吭哧专心地刻。外婆看了笑死了，称我们为45号里的“三剑刻”。

我和老伯伯都没啥声音，就听得老爸的刀在石头上划拉，过一会儿发出更大的“哧咔哧咔”声，就知道又刻得不满意，在石板上磨掉重新来过。

我家外墙一圈基石上全是雪白的石粉痕迹。

就这样来来回回地刻，功夫不负有心人，终于有一天卖掉了有生以来第一方章，润格1块8毛钱，全家高兴得……

奶奶那时刚好也在我家，老爸交给她8毛钱嘱咐她买点虾来庆祝一下，顺便也改善改善伙食。

我刻的纸花，可能现在的孩子没见过，材料是蜡光纸，铅笔，

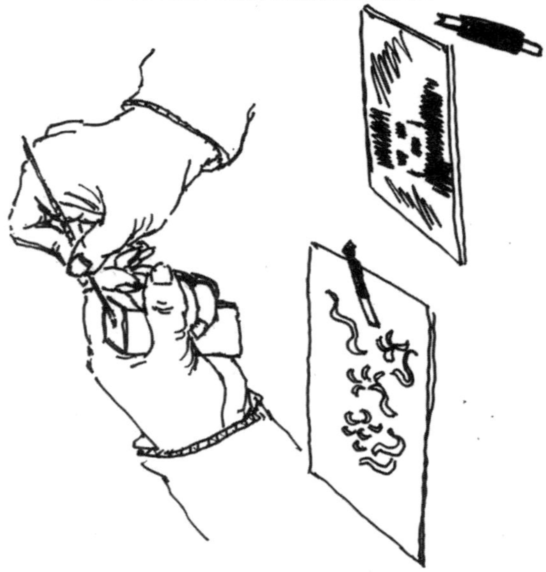

POST CARD 45号里的三把刀

老爸长得高大，外婆叫他大老头，这样，不分男女老幼都叫他大老头了。放暑假了，快乐的时光！早晨趁着太阳还没晒过来，45号里的老、中、幼三人开始用功了。老是老伯伯刻木刻，中是老爸刻图章，幼是我刻纸花。三个人各一个方凳一个小凳，埋着头吭哧吭哧，专心地刻。外婆看了笑死了，称我们为45号里的“三刻”！

小刀。蜡光纸正面有色发亮，背面无色。到清河坊一家文具店去买的蜡光纸，这是一件比较纠结的事，因为哪种颜色我都喜欢。

最最重要的是问同学借来已经刻好的花样子，把蜡光纸背面向上覆在样子上用铅笔横着拼命地涂。后来看到一部谍战电影里面，在白纸上取字痕就是这样。

接着就是刻了，往往弄得十个手指头墨墨黑，脸也成花猫了。

到了休息时间，有时老伯伯会叫女儿去买油条来吃。旁边的惠民路上就有一家油条店，就是现在的浙江商业集团公司旁边。据说油条店贴隔壁一个墙里，还曾经因发现“02”病（霍乱）被封锁过。为啥要这时去买呢？因为这时候大家都吃过了早饭，多余的、软塌塌的油条已经不大会有人来买了，为了不浪费，会回锅再炸一遍来卖，杭州人叫作“老油条”，虽然模样看上去黑不溜秋不咋地，但咬在嘴里那个香脆啊。

那油条，我第一次看到还不敢买呢，吃过以后每回都想买这种。

现在害怕“三高”，再加上怕“地沟油”，不要说老油条肯定不吃，连新鲜炸好的油条都难得吃一回了。

打麻将

薛家有一女一儿，长女长得高高大大，留着一头浓黑的长发，直达腰际，看她洗头是种享受。我的头发又黄又薄，而她的头发浸入脸盆整整一盆，把我羡慕得……她对自己的头发也很爱护，不像我就用臭肥皂胡乱洗洗，她用的是一种装在棕色瓶子里的液体，香啊。那香气我从来没闻过。她洗好后认真地梳啊梳，通了，就用一条手帕随意一扎，真洋气。

她弟弟长得正和她相反，瘦瘦小小的。一天他回家，推开院门，居然带回来一副麻将牌，这可是“四旧”啊，要抓的呀，不是闹着玩的！但院子里的几个男人心里又痒痒的，不玩觉得对不起他，最后决定：玩！吃过晚饭，在桌上铺上毯子，窗户挂上床单，捂得个严严实实。四人上桌，围观的远远不止四个，人人都正襟危坐，不苟言笑，一点都不像是在娱乐。我也去凑热闹，一点都不好玩，一会儿就在她家床上睡着了。

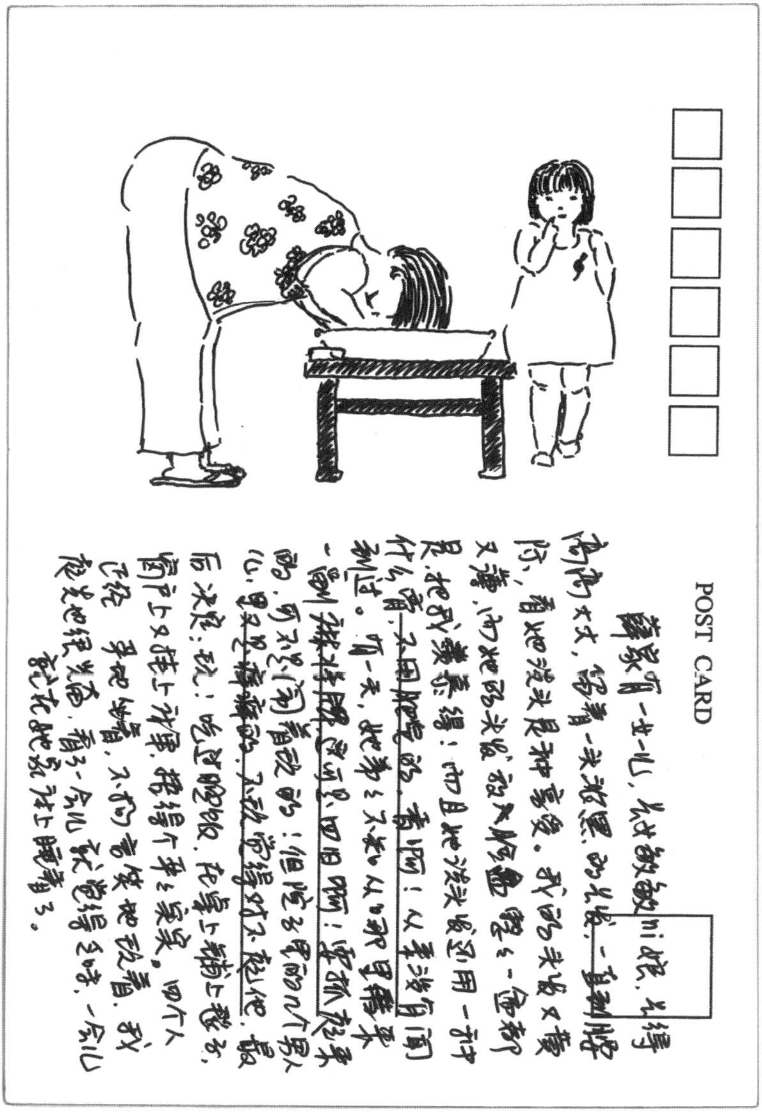
POST CARD
薛家有一女儿，名叫敏敏ni娘，长得
高高大大，留着一头浓黑的长发，一直到腰
际，看她洗头是种享受。我的头发又黄
又薄，而她的头发放入脸盆整整一盆都
是，把我羡慕得！而且她洗头发还用一种
什么膏，不用肥皂的，香啊！从来没有闻
到过。有一天，她弟弟不知从哪里搞来
一副麻将牌，这可是四旧啊！要抓起来
的，可不是闹着玩的！但院子里的几个男人
心里又是痒痒的，不玩觉得对不起他，最
后决定：玩！吃过晚饭，在桌上铺上毯子，
窗户上又挂上帘子，捂得个严严实实。四个人
正经事地坐着，不苟言笑地玩着，我
起先也很兴奋，看了一会儿就觉得乏味，一会儿
就在她家沙发上睡着了。

芭蕾舞鞋

我读幼儿园时，浙江京剧团、歌舞团都还在美院里，他们排练就在大礼堂里，那是我喜欢去的地方之一。从美院大门口进去右手边就是。礼堂门口种着扁柏，结的果子像一只只小香炉。我折了一只纸船，去摘了满满一船的果子，小心地捧着，不想被旁边打篮球的学生一球打翻在地，哇哇大哭。

喜欢大礼堂还因为这里经常放内部电影，这是后话，当时是因为喜欢看排练芭蕾舞。大礼堂的老式窗台宽宽的，刚好够我蹲，修剪成球状的扁柏又刚好把我挡住，从外面一点也看不见。抓着铁栅栏，可以看见女孩们踮着脚尖，轻盈地跳跃，怎么看都不厌。经常看得我腿都麻了。从那时候起，我就对芭蕾舞无法释怀，想象着是自己在那里跳，在舞台上跳。无意中瞥见角落里放着一筐报废的芭蕾舞鞋，噢，小心肝狂跳起来，捡了根树枝去挑……终于，捞到了，一只。

前几年集团公司开年会，我公司出了一节目——《喜剧芭蕾白毛女》，我是滋润的三喜儿之一，终于圆了我的芭蕾梦，节目还得了一等奖。

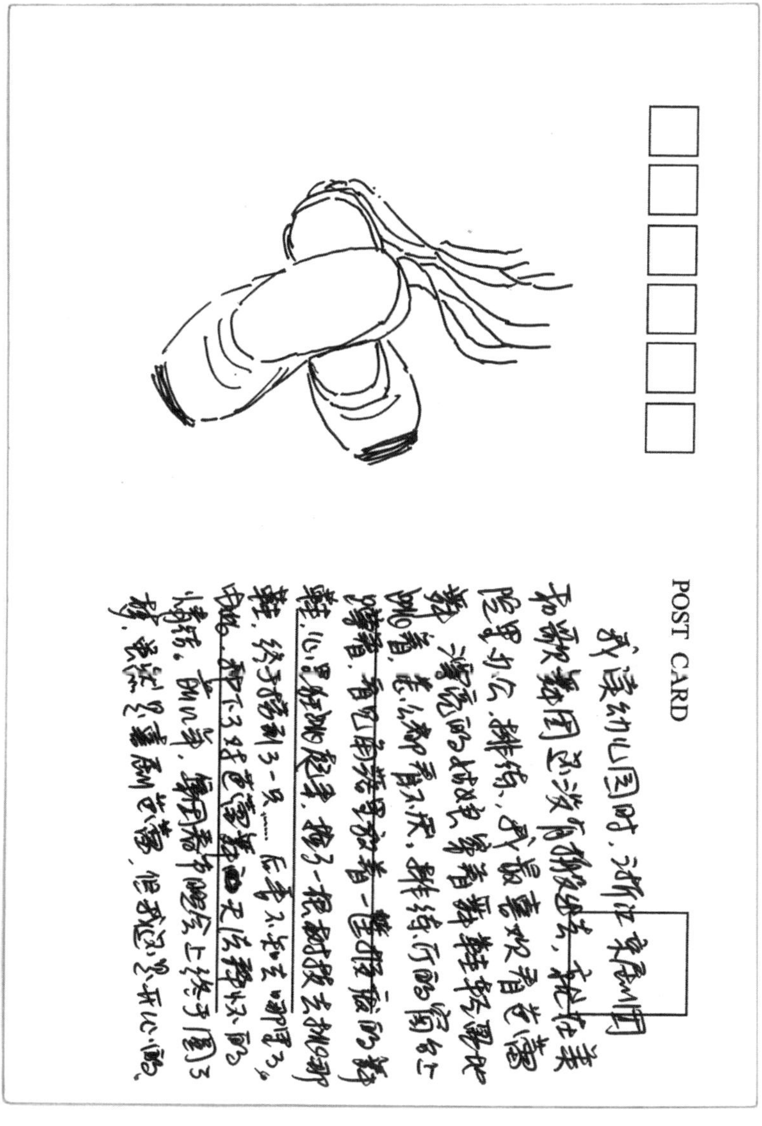
POST CARD
我读幼儿园时，浙江京剧团和歌舞团还没有搬出去，就在美院里办公、排练。我最喜欢看芭蕾舞，漂亮的姑娘穿着舞鞋轻盈地跳着，怎么都看不厌。排练厅的窗台上蹲着，看见角落里放着一堆损坏的舞鞋，心里狂跳起来，捡了一根树枝去挑那鞋，终于挑到了一只……后来不知去哪里了。由此，种下了对芭蕾舞无法释怀的情结。前几年，集团春节晚会上终于圆了梦，虽然是喜剧芭蕾，但我还是开心的。

图书馆

美院的图书馆也是我最爱去的地方之一，因为有小人书。每次都要借够 10 本才肯罢休。图书馆是一幢二层小楼，前面有一条长长的走廊，连着诸多部门，好像有行政、教室、宿舍……贴满了大字报，但这不关我事，我只惦记着我的小人书，冲进去就在架子上挑起来。《海霞》《山乡巨变》等等，很多很多都是那时候的产物，虽然是时代的需要，但那一幅幅画面优美、透视精准的图，留给我很深的印象，其中还不乏有名的画家画的。个人认为比现在的有些儿童读物强太多，包括动画片，《大闹天宫》几百万帧的画面一笔笔画出来，这本身就是宝贵的财富，更不用说它的意义了。

前两天有朋友在微信上发了 1988 年出品的水墨动画片《山水情》，由吴山明老师和卓鹤君老师共同创作，这才是真正的中国的动画片，不禁感慨现在的那些动画片啊……

我拥有的第一本小人书我最喜欢，《大林和小林》，百看不厌。翻得封面都掉了，老爸给我画了一个封面。那时固执地认为这二兄

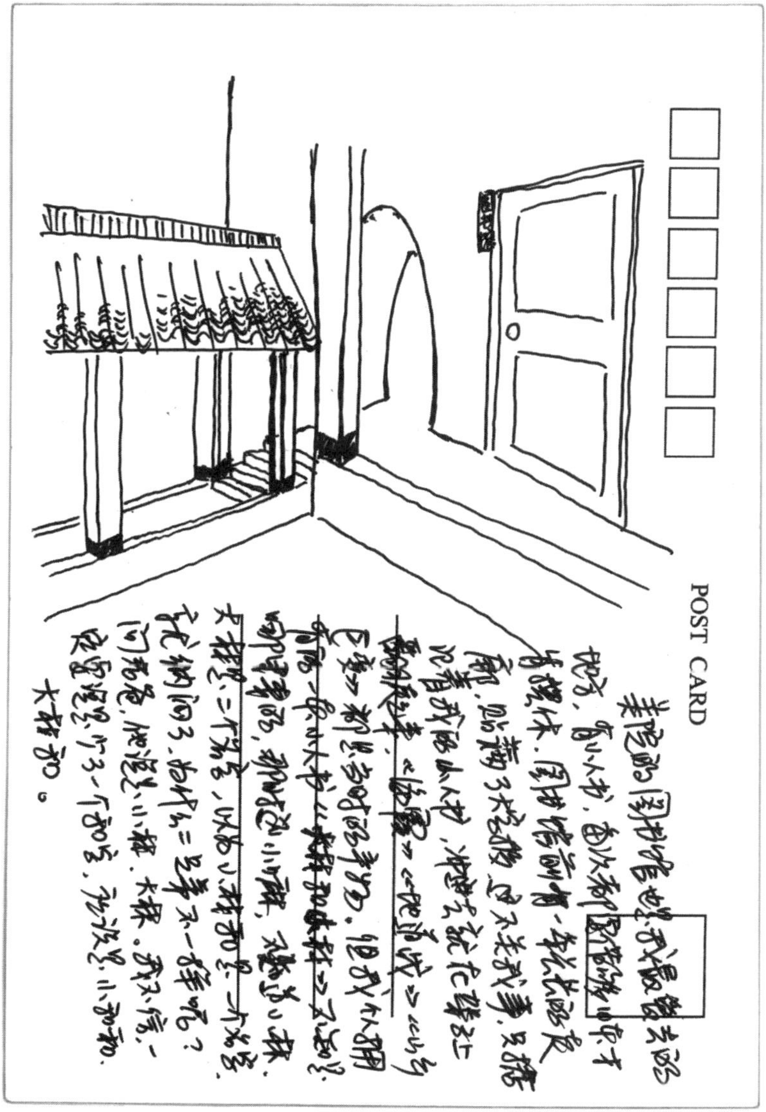
POST CARD
美院的图书馆也是我最爱去的
地方，有小人书，每次都要借好几本才
肯罢休。图书馆前有一条长长的走
廊，贴满了大字报，但不关我事，只抱
着我的小人书，冲进去就在楼梯上
翻起来。《海霞》《地道战》《山乡
巨变》都是当时的主打。但我个人拥
有的一本小人书《大林和小林》不知是
哪里来的，那时还小，不知道小林、
大林是二个名字，以为小林和是一个名字。
就纳闷了，为什么二兄弟不一样呢？
问爸爸，他说是小林、大林。我不信，一
定要说是少了一个和字，应该是小林和、
大林和。

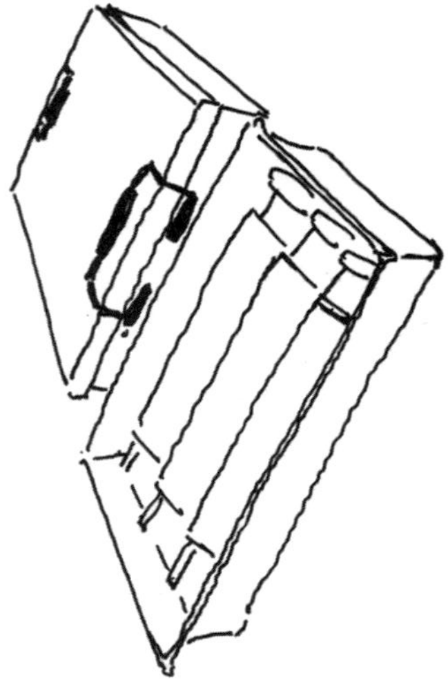

POST CARD

长廊的另一头出去就是医务室了。长廊中间连着许多的部门。医务室也是我经常报道的地方。陆医生斯斯文文，皮肤白皙，戴着眼镜，他非常喜欢我，我也总是期盼他给我打针。因为打的时候轻手轻脚，还挺痒痒。后来他被调去了香港，再也没有见到他过了。

中廊中间的部门有行政的，也有教室，宿舍。

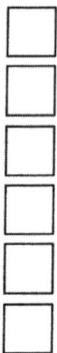

弟既然哥哥叫“大林和”，弟弟怎么叫“小林”呢？应该叫“小林和”才对呀。谁来解释都铩羽而归。

后来老爸告诉我，图书馆之后被火烧过，据说被烧前一天晚上有位台湾来的学生听到屋顶上有声音，在商量烧图书馆，马上就向保卫科报告了，但保卫科不予理睬。可惜。可恨。

走出长廊就是医务室了，这里也是我经常要来报到的地方，常常是发烧要打针。我总是挑陆医生给我打，他斯斯文文的，皮肤白皙，戴着金丝边眼镜，打针时轻手轻脚，还用一个手指头挠痒痒，一点也不疼。后来，他去了香港，我就再也没见到过他了。

跟着老爸上幼儿园

我每天跟着老爸上下幼儿园，起先是步行，后来才有了自行车，但我还是喜欢步行。老爸长得高，二人并排走，他刚好可以把手放在我的头顶，像拄着个小拐杖。老爸一边走一边给我讲《西游记》，所以，我的《西游记》不是看来的，而是听来的。

到了星期日，中午老爸喜欢咪两口小酒，咪完要午睡，叫我也睡。我哪里睡得着，在老爸背后当“理发师”，嘴当剪子，当吹风机，当水龙头，发出各种声音，两只手在老爸头上摸啊、戳啊、敲啊，时不时地还要发生各种意外，比如水变烫了呀，刀子掉头上了呀。一开始，老爸会配合我发出各种惊叫声，逗得我乐不可支，渐渐地打起了呼噜……我伸过头去，嗅到老爸喝过酒呼出的气息，有点像馄饨的味道。这样都睡得着，我还没完事呢！

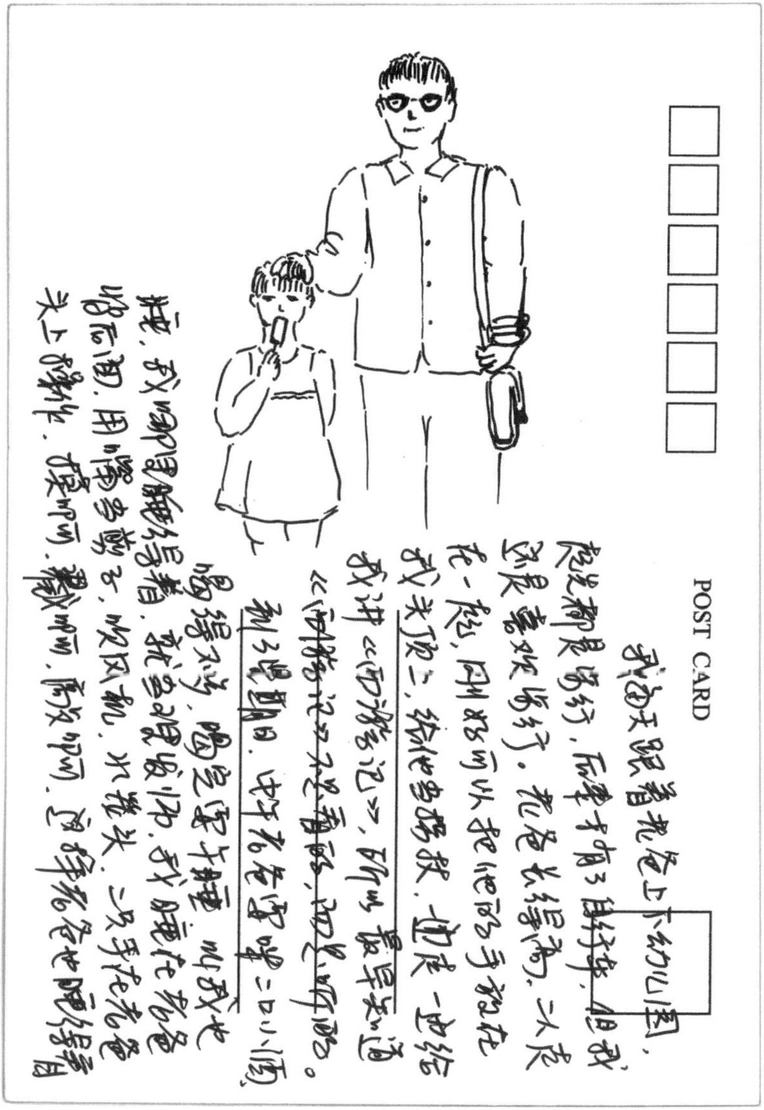
POST CARD
我每天跟着老爸上下幼儿园，
起先都是步行，后来才有了自行车，但我
还是喜欢步行。老爸长得高，二人走
在一起，刚好可以把他的手放在
我头顶上，给他当拐杖，边走一边给
我讲《西游记》，所以最早知道
《西游记》不是看的，而是听的。
到了星期日，中午老爸要喝二口小酒，
喝得不多，喝完要午睡，叫我也
睡，我哪里睡得着，就当理发师，我睡在老爸
背后面，用嘴当剪子，吹风机，水龙头，二只手在老爸
头上操作，摸啊，戳啊，敲啊，这样老爸也睡得着

画美女

看连环画带来的副作用就是画美女。老爸给我订了一本本子，我就把我喜欢的连环画里的美人一个个临摹下来，中国的、外国的、古代的、现代的，真的，全是美人，没有一个男的。后遗症就是现在也喜欢看美女。喜欢戴敦邦画的人物，《红楼梦》大部分都是他画的。还有《西厢记》，绘者是谁忘了。

上学以后，渐渐看小说多起来了，又是古今中外，照单全收，囫囵吞枣地看。端木蕻良的《曹雪芹》、张恨水的《啼笑因缘》……家里居然还有姚雪垠题字给老爸的《李自成》，厚厚的一本是上集，心里盼着他能再送下集来，等啊等啊，望穿秋水，好像前几年才出版了下集，得有个 40 年了，看来这口气要长。

看小说的副作用又是一个本子，绿色硬皮，每张纸是淡灰绿色的，角上还印着花，不知哪里弄来的，看上去很高级。这个本子用来抄录描写景色和美女的句子的（呵呵又是美女），特别是《啼笑因缘》里对一双鞋的描写，我是记忆犹新：男主人公的嫂子要去跳舞，穿的绣花鞋上的蝴蝶居然镶着钻石。那得多有钱啊！没看过的亲可以去看看。

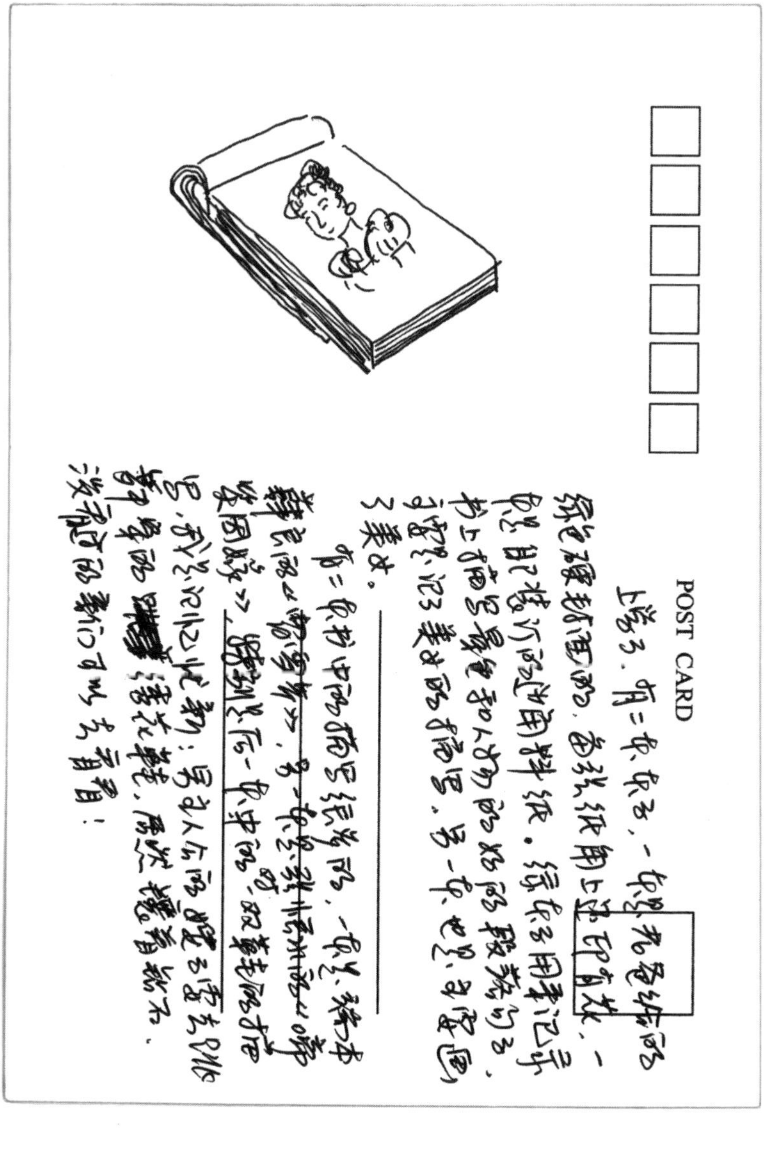
POST CARD

一场火灾

47号曾经发生过一次火灾，原因不详，是在半夜，我早已睡着，被老爸推醒，急急地叫我和老妈穿好衣服，说完就冲出去了。我不明就里，瞌充懵懂，只听见窗外："快！快！"我爬上窗前的缝纫机，推开窗，看见所有的男人都端着盆拎着桶，神情紧张，向后门跑去。井边是人声鼎沸，再往47号前门去动静还要大。有点烟雾飘过来了，老妈倒是很淡定地躺在床上，我很想去看，但老妈不许，只好作罢。过了一会儿，瞌睡渐渐上来了，也去老妈的大床上躺着。渐渐地，那边声音小了，老爸湿漉漉地回来了，看见娘儿俩像没事人一样，一顿臭骂：火烧了，你们两个还来东困觉，万一烧过来还来得及啊？

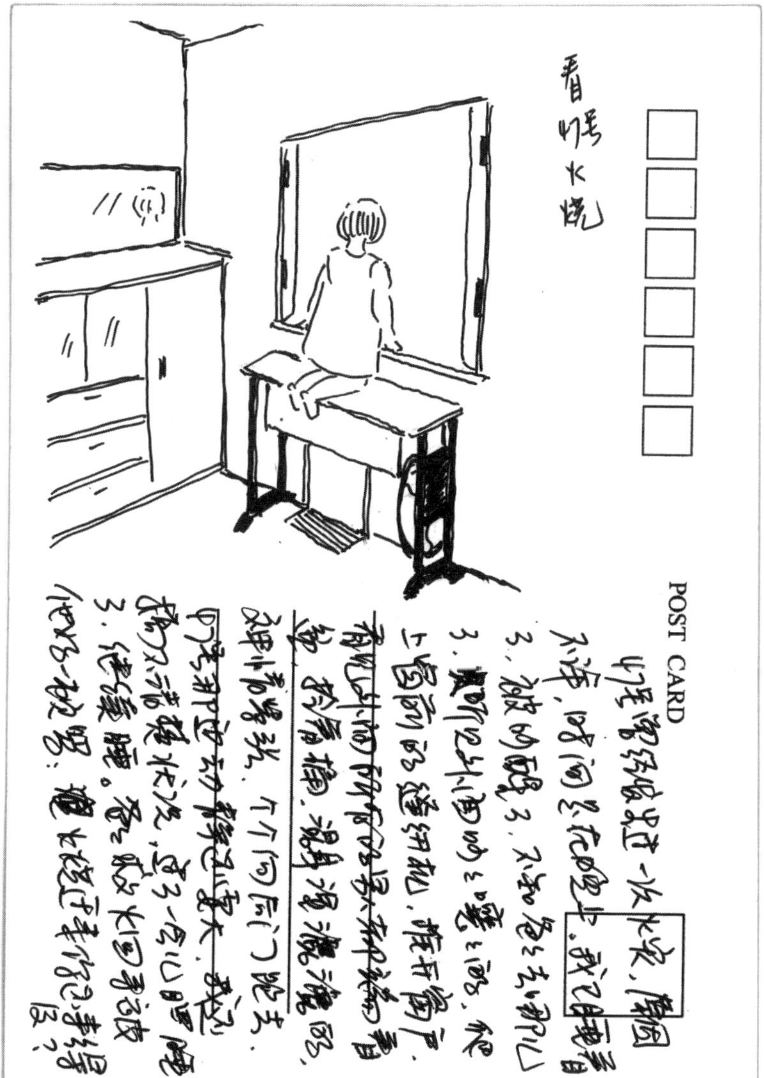
看47号火烧
POST CARD
47号曾经发生过一次火灾，原因
不详，时间是在晚上。我已睡着
了，被吵醒了，不知爸爸去哪儿
了，只听见外面吵吵嚷嚷的，爬
上窗前的缝纫机，推开窗户，
神情紧张，个个向后门跑去。
继续睡。爸爸救火回来被

绣花

老妈是个手巧的人，从小我的衣服都是她做的，虽然那时都是布的，花色也不多，但她会用一些小心思使这块平常的布变成时装。画上的我总是穿一件白棉布连衣裙，就是最好的证明。可以想象我有多喜欢它。无袖高腰，腰线打上了细小皱褶，整体呈花苞状，一点也不输现在那些大牌设计师的作品。最显眼的是老妈用另外一块布做了个音乐符号𝄞，细长布条缝起、抽线，做成一串馄饨状小花苞，绣在了胸口。大娘舅看到马上就要给我拍照，我心里别提多得意了。

有一段时间老妈迷上了绣花，缘于我奶奶。我奶奶拥有一个少见的姓：蒯（kuǎi）和一个好听的名字：吟秋。姐妹四个，奶奶排行老三，个个名字都诗情画意：冠春、端夏、吟秋、瑞冬。感慨啊！她老爸是怎样的一个才子啊，能取出这样的名字！奶奶早年丧夫，年轻时是小学教师，但又不失勤劳本色，退休后一直与我叔叔住在金华乡下，干起了农活。老妈说奶奶第一次来杭州是我出生前

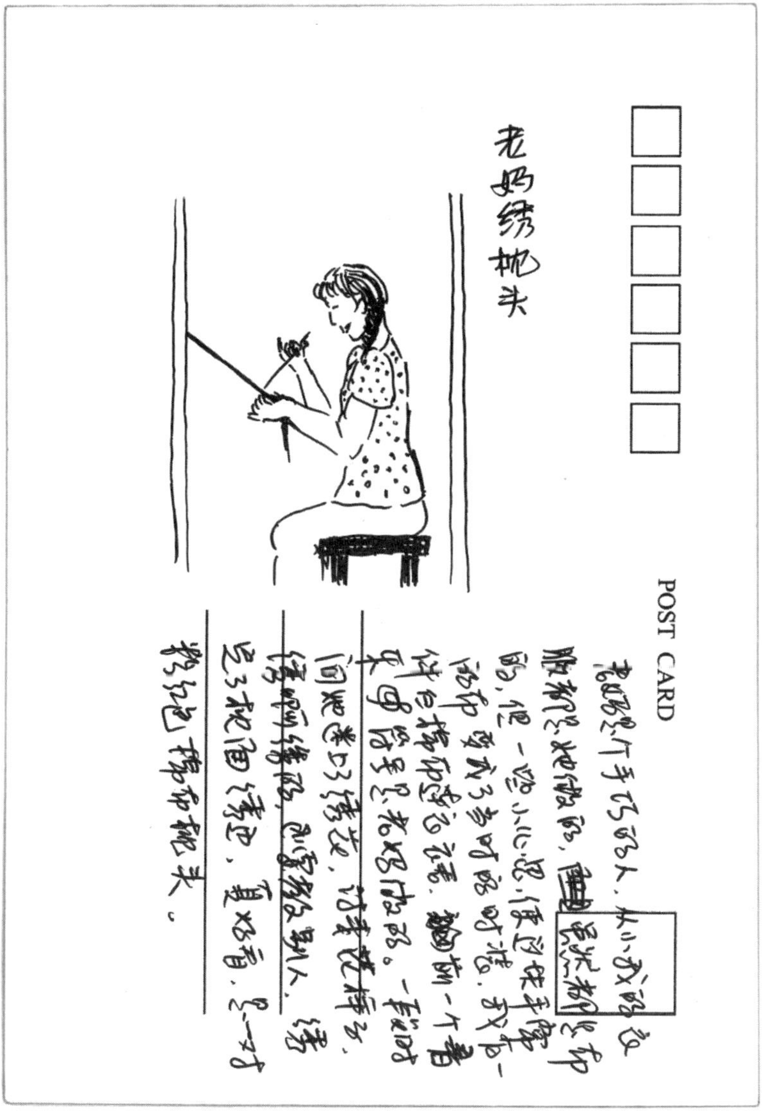
POST CARD
老奶绣枕头
老奶是个手巧的人，从小我的衣服都是她做的，虽然都是布的，但一些小心思，便这块平常的布变成了当时的时装。我有一件白棉布连衣裙，胸前一个看来的图案是老奶做的。一段时间她迷上了绣花，讨来花样子，绣啊绣的，还拿去教别人。绣完了枕面绣边，真好看，是一对粉红色棉布枕头。

的一两个月，老妈对那一幕印象很深：个子不高、文弱的奶奶穿着一身灰色细布做的大襟衫裤，一手拎着一个包裹，一手挽着一只鸡笼，里面有四五只鸡，风尘仆仆地出现在家门口。她这是要来给老妈伺候月子的节奏啊。奶奶住下没闲着，老爸种了两棵剑麻，奶奶斩了叶子浸在阴沟污水里沤烂做麻绳，调了糨糊贴“门儿布”（杭州人对一种做鞋材料的称呼），里里外外地忙开了准备做鞋。不光这些粗活，奶奶还会绣花，比老妈绣得还要好。刚好老爸一个要好的朋友要结婚，思来想去地挑不好礼物，还是奶奶建议绣一对枕头套做贺礼。讨来了花样子，俩人一逮空就绣啊绣，我也硬要凑热闹拿了个小花绷子装模作样地绣，表面看看还好，背面则惨不忍睹，一团乱麻。我还打过毛线，起先的边有几十针，漏一针，漏一针，最后变成块红领巾了。唉，做女红真是没有天赋啊！怎么就没有得到老妈的一点遗传呢？枕头套绣完了，真好看，是一对粉红色布枕头。老妈说早几年在街上碰到过那个好朋友，他还提起这对枕头套，说：知道这是个精心制作的手工活，舍不得用，一直珍藏着。

全铜电扇

老伯伯家有一台全铜的电风扇，这可是个稀罕物件儿，老伯伯刻木刻时就放在旁边吹，我端着凳子也去蹭点风，他全家人都很宝贝它，不让我碰的。忽然有天放学回家多了台立式电扇："妈——哪里来的？""厂里发的。"可把我高兴坏了，至此，我家第一件家用电器报到，质量可好了，现在还在老妈家勤勤恳恳地服役。我做得最多、最无聊的事就是对着电扇张大嘴，发出"啊——"的声音，被风扇吹过这个声音会抖，乐此不疲。

还有一件要去老伯伯家蹭的事：看电视。先是小红的爸爸自己装了一台 9 寸黑白的，实在是小，记得那时候经常放《居里夫人》，我看了好几遍。后来老伯伯买了一台 12 寸黑白的，那是把我的魂都勾过去了。特别是放《大西洋底来的人》《加里森敢死队》，吃饭做作业都没心思了，只盼着天黑下来。

前几天大娘舅、巧巧姨娘都说了为啥不让碰电扇的原因，主要有两个：一是有点漏电，手碰上去有触电感，刺而且麻，他们都是

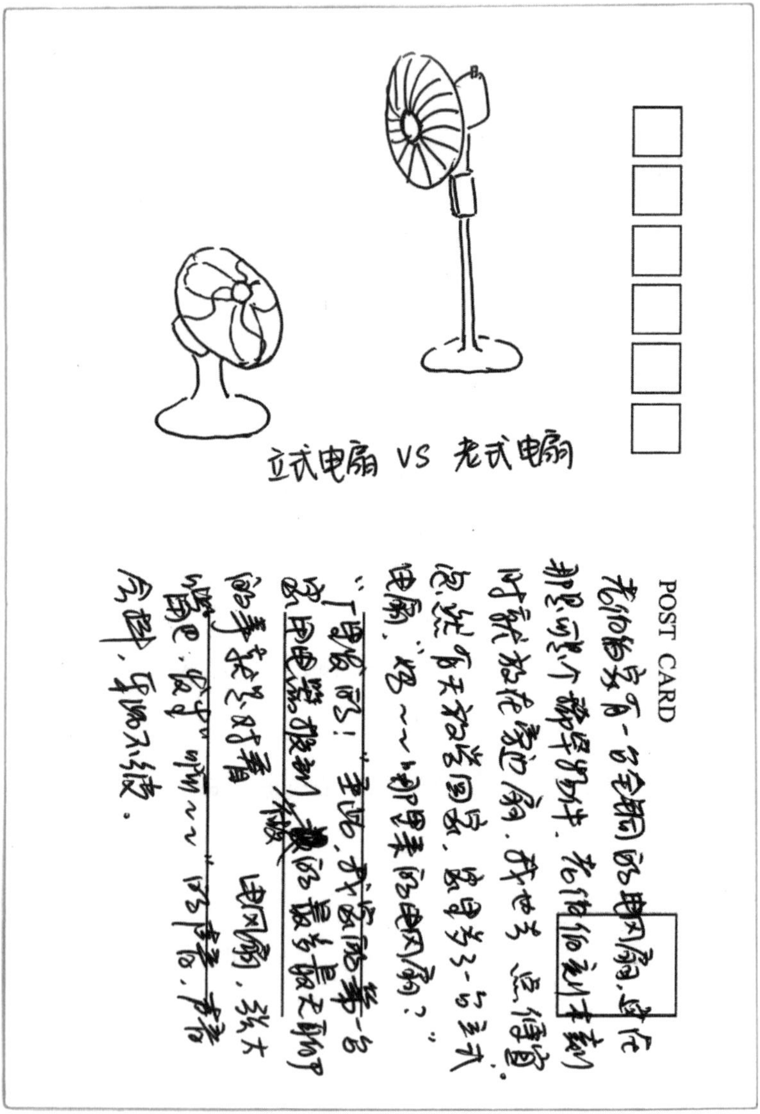
POST CARD
立式电扇 VS 老式电扇

隔着纸去拨开关；还有就是这个是老式的电扇，外罩不像现在的电扇是密密匝匝的，它只有几根挡着，万一小孩把手伸到转动的扇叶里就不得了。大娘舅小时有次就拿了一根铅笔给弟弟妹妹表演电扇削笔而被外婆打，所以得管住。

婚宴

老伯伯的女儿要结婚了，是1976年，记得牢是因为过了一个月我弟弟出生了，老爸刻了一方“携手共进”的章做贺礼。（原来记得是老伯伯的小儿子结婚，后来老伯伯的女儿看了说不对，是她结婚。）老伯伯决定在家摆酒席，这是45号发生的最大的喜事了。不光老伯伯全家，大家都兴奋起来。外婆先定菜单，再点点家里还有些什么票，不够么要借，借不到么要去黑市买，忙得脚底朝天，女人们都在帮忙，孩子们窜进窜出发着人来疯。婚宴前一天，来了一精瘦老头，带了一徒弟，徒弟骑着三轮车，车上满满当当的家伙什，好戏要开锣了。

我一直就喜欢看外婆做菜，现在来了个大师傅，哪里肯放过，就围着老头打转，老头赶我，我就去跟着他徒弟。对老头印象最深的是他打蛋，取了一只很浅的盆，敲了可能有10个蛋，抓了一把筷子，哗哗地就打起来，我看得呆了，直担心蛋会掉出来。

老爸后来说他向老头学了“一人杀鸡”的技术。左手虎口这里

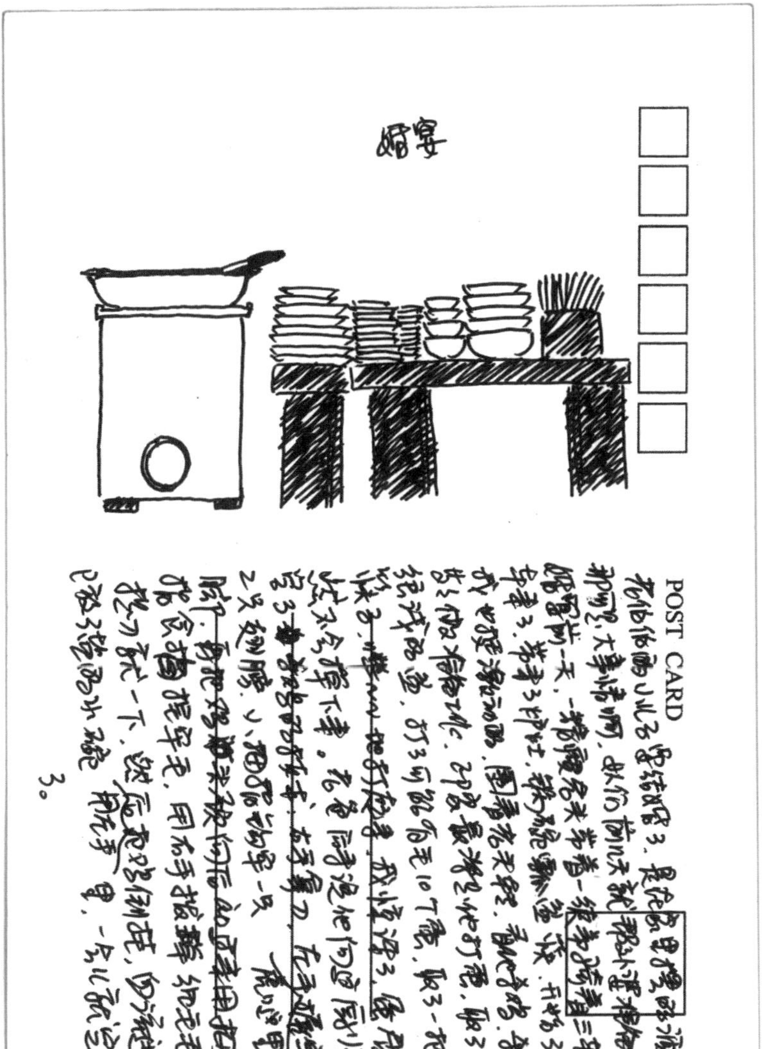
婚宴
POST CARD
老伯伯的小儿子要结婚了，是在家里摆的酒席，
那可是大事情啊。奴们前几天就帮忙准备了。
婚宴前一天，一群瘦老头带着一班帮手骑着三轮
车来了，带来了炉灶，锅碗瓢盆筷，开始了。
我也挺激动的，围着老头转，看他杀鸡，杀鱼，
等等做准备工作。印象最深是他打蛋，取了一
根线的蛋，打了可能有10个蛋，取了一把
筷子，我惊呆了，竟居
然不会掉下来。老爸后来说他问过厨师
学了，右手拿刀，左手握牢
二只翅膀，小拇指钩牢一只
脚，
指食指捏牢毛，用右手拔掉细毛毛，
提刀就一下，然后把鸡倒挂，血流进
已放了盐的小碗里，一会儿就完事
了。

抓住两只翅膀，同时小拇指钩住一只脚，右手把鸡脖子向后拉，用左手的拇指、食指捏紧，右手拔掉脖子上的细毛，然后取刀“呼啦”一下，左手提起使鸡倒挂，鸡血就流进了早准备好的盐水碗里，ok了。不久老爸用这方法使了一次，成了笑柄，气管没割断，那只鸡“血出拉乌”（杭州话，指鲜血淋漓）满院子撒欢跑。

讲鬼故事

老伯伯家左前方是他家厨房，应该是靠着 43 号的一堵约莫有三层楼高的风火墙搭的“披儿”（杭州话，指小屋子），这里是外婆的根据地，美味源源不断地从这里生产出来。我喜欢看外婆剖鸡，慢条斯理地拔毛，脖子根部剪一刀，剥出鸡嗉囊。如果是鸭子的话，要把屁股上的两个骚气囊腺剪掉，然后在肚子上剪一口子（不像现在图方便从头剖到尾），一只手伸进去掏啊掏，五脏六腑都挖出来了。鸡胗皮剥掉，肚肠剪开用盐搓洗，小心翼翼地剪掉苦胆，ok，完工。

那堵风火墙年久失修，外面有好几条裂缝了，外婆一直对此很担忧，怕塌下来。1976 年夏天唐山大地震，不知是凑巧还是确实震到了，这高墙上的泥灰“扑簌簌”地掉了一些下来，可把外婆吓死了，硬着头皮去烧饭，烧好赶紧逃出来。真的，如果真塌了的话，不光这厨房，搞不好我们的房子都要压进去呢。一时人心惶惶。睡觉怎么办呢？睡露天。还好是夏天，大家索性都搬到院子里吃饭，睡觉。竹塌儿、竹躺椅、蒲扇齐上阵，西瓜、菜瓜在井水里浸好，

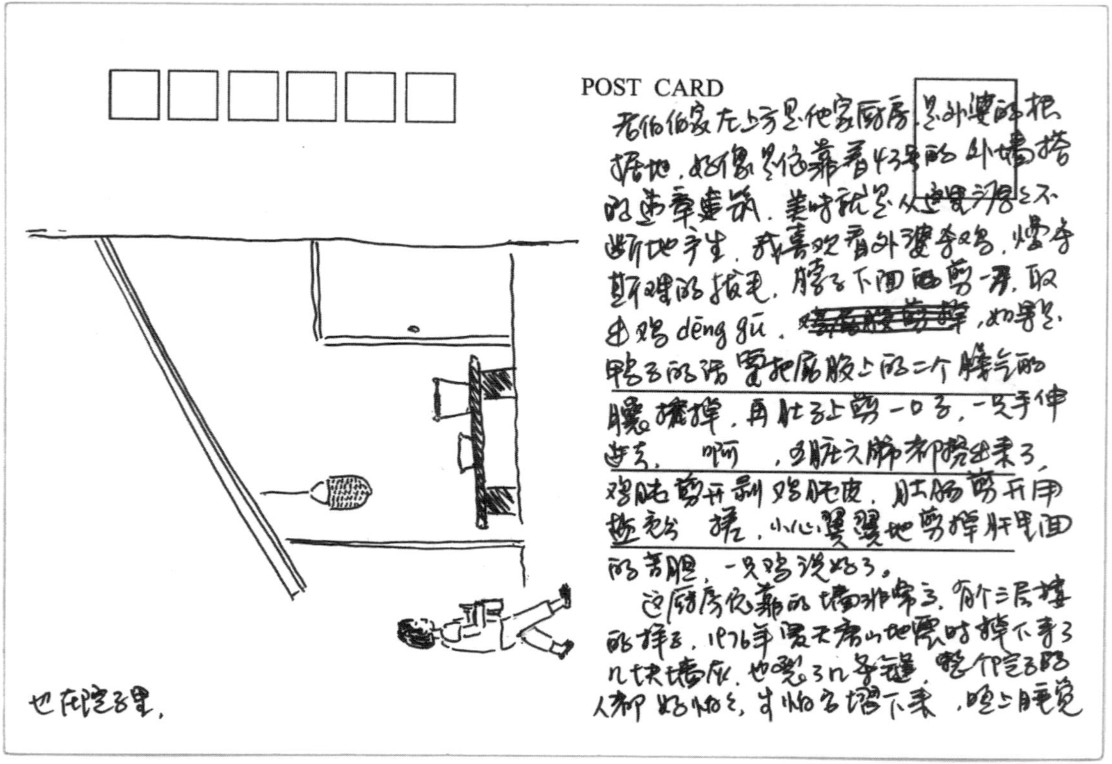

POST CARD

老伯伯家左上方是他家厨房，是外婆的把
搭的。好像是依靠着45号的外墙搭
的违章建筑。美味就是从这里源源不
断地产生。我喜欢看外婆杀鸡，煺去
其难的拔毛。脖子下面剪一刀，取
出鸡 dēng gū。~~[illegible]~~，如果是
鸭子的话要把屁股上的二个臊气的
腺摘掉。再肚子上剪一口子，一只手伸
进去，啊，五脏六腑都掏出来了。
鸡肫剪开剥鸡肫皮。肚肠剪开用
筷子搓，小心翼翼地剪掉肝里面
的苦胆，一只鸡洗好了。
这厨房依靠的墙非常高，有个三层楼
那样高。1976年唐山地震时掉下来了
几块墙砖，也砸了几个玻璃，整个院子的
人都好怕，才怕它塌下来，晚上睡觉
也在院子里。

小枕头、小毯子摆好，这是现在的小朋友没体会过的。

大娘舅就给我讲鬼故事听，拉了一盏绿幽幽的电珠灯，房间里其他灯统统关了。在这样阴森森的富有心理暗示的环境下，我是又怕又要听，越听又越怕，缩成一团，汗毛倒竖，退啊退，背脊一定要找个人靠着，好像这样才安全点，再弱弱地、结结巴巴地来一句：我们……我们中国人又不怕鬼的咯。大娘舅往往讲到紧要关头卖关子不讲了，害得我心神不宁。

血拼

小时光买啥都要凭票，肉、豆腐、鱼、米、油、布等等，甚至洋火、柴，一直没想通柴为啥也要票。我家边上就是定安路菜场，在杭州城里算大的了，供应的东西比较丰富，蔬菜全天都有，豆腐、肉这些就要去抢了。买豆腐要清早不早（杭州话，即大清早）就去，一板板的豆腐还冒着热气，豆腐西施右手拿一把黄铜铲子，这铲子的宽度就是一块豆腐的宽度，只见她干净利落地切好井字，铲起一块，豆腐颤颤巍巍地抖着，飞进了你的碗里。

买肉就不像买豆腐那样只要去得早就买得到，这是个体力活。肉要票，肉骨头不要票，这可是主妇眼里的香饽饽，好像是每星期天下午供应一次。中饭过后，肉柜台前就开始排队了，不是人去排，而是派出了各色排队利器，有篮子，砖头，我居然还看到过一小堆石子在排队，花样百出。这时还守秩序，后到的乖乖地排在队尾。差不多两点了，各色物件的主人陆陆续续地来了，大家前胸贴后背地挤在一起，想加塞，对不起，根本没有可能。这时看上去也还是

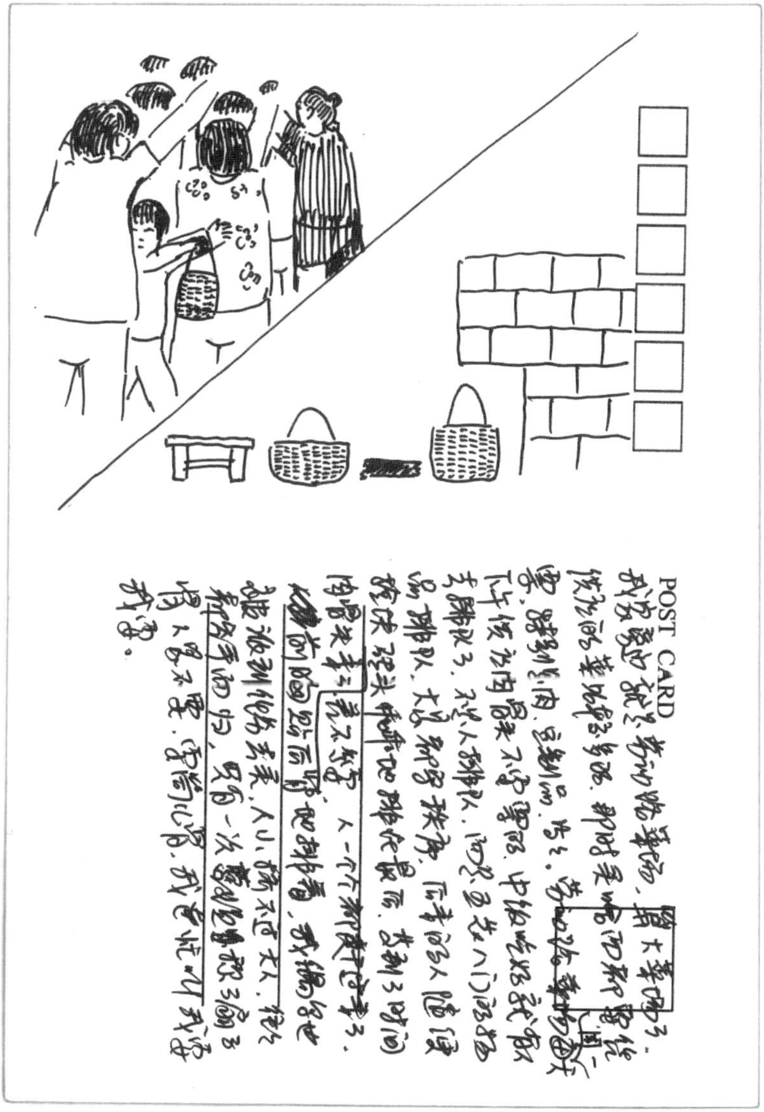
POST CARD

一支队伍。终于，车来了，大竹筐卸下来了，拖进柜台了，人群开始骚动了。这时没有了刚才的队伍样子，而像一只大蝌蚪，后面的个个伸着脖子，分明就像鲁迅先生描写的那样；前面的则是拼体力靠技巧，只因为僧多粥少。我偶尔会被派去血拼，无奈人小体弱，经常空手而归，只记得有一次是扇子骨多，筒儿骨少（因为筒儿骨油水足），而买的人少，我才买到。

那时候怎么没人想到买东西叫血拼。

谁的家

小学上的是高银巷小学，记得就是老妈领着我去了学校，一个老师把我名字记下，ok了，开学就去上课了，哪有现在上个学这么繁难。

一、二年级不在本部，是在现在的河坊街上的一个墙门里，几号忘了，大娘舅说原来是河坊街小学。老式的木结构，有廊檐，有天井，合抱四周，有点像四合院。下雨也不怕，可以在廊檐下踢毽子，跳皮筋。

同学都住在学校附近，上学、放学一路结伴而行。我算住得远了，上学一路叫过去，放学又一路送回家，每天开开心心，说说笑笑的一路。

画的这个地方是一个要好同学的家，也在河坊街上，沿街一大间是个做手套的作坊，有七八台缝纫机，每天这么多缝纫机一起工作，那声音真有点吃不消。左边留了一人走的地儿，进去是厨房和饭桌，黑乎乎的好像没有窗。我进去叫她上学，她奶奶常常摸摸索索不知在做什么。我有点怕她，她矮矮的，眼睛出乎意料的大，向楼上大声叫着同学下来。其实我很想上去感觉一下住在楼上是什么味道，但慑于她奶奶的严肃，不敢。

花疯子和门儿布

华光巷里有一些奇葩人物。巷子中间住着一个疯子，奇高奇瘦，眼窝深陷，走起路来左手不动，右手使劲，好像一支桨，整个人全靠它无声地划动，才会前行。每次看到他手里总是夹着一支烟，如果对面碰上，他会冲你温文尔雅地轻轻一笑，露出满嘴黄牙。说实在的，我不觉得他是个疯子，但外婆吓唬我：他是个花疯，专门捉小姑娘的。于是，我胆怯了，远远地看见了，马上跑回家关上大门，但肯定是不死心，又好奇，想看看他今天会不会发疯，就从门缝里向外瞄，一直都是瞄见他慢悠悠地划过，并没有发疯。

还有一个大家都叫他“门儿布”的傻子。现在的小孩肯定不知道门儿布是啥东西。以前都穿自己做的布鞋，纳鞋底的布需要用糨糊刷在门板上上过浆才能用，揭下来的布“石刮铁硬”（杭州话，指硬邦邦的）。所以杭州人形容脑筋不转弯的、十答答（杭州话，即思维不清晰）的傻子就叫门儿布。他有啥典故我已经不太记得了，他不住华光巷，只记得他经常一走过，大家就都出来看热闹，有人故

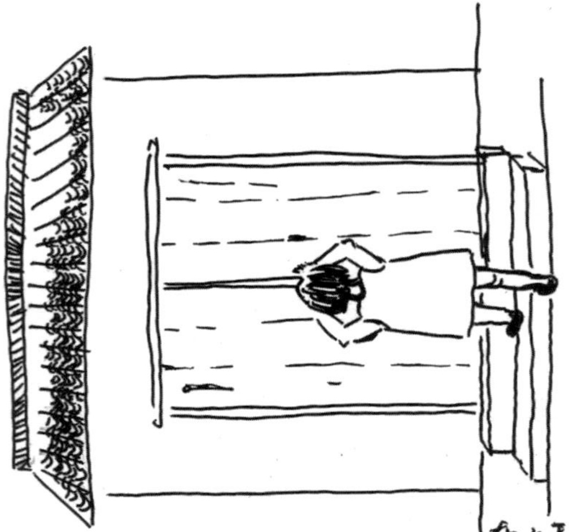

POST CARD

华光巷里有一些奇葩人物。巷子中间住着一个疯子，奇高奇瘦，眼窝深陷，走起路来左手不动，右手使劲，好像一支桨，整个人全靠它无声地划动才会前行。每次看到他手里总是夹着一支烟，如果对面碰上，他会冲你温文尔雅地轻轻一笑，露出满嘴黄牙。说实在的，我感觉不到他是个疯子，但外婆吓唬我：他是个花痴，专门捉小姑娘的！于是胆怯了，远远地看见了，马上跑回家关上大门，但肯定是不死心，加上好奇，想看看他今天会不会发疯，从门缝里向外瞄，一直都是瞄见他慢悠悠地划过没发！还有一个大家都叫他"门儿布"的傻子。现在的小孩肯定不知道门儿布是啥西。以前都穿自己做的布鞋，纳鞋底的布需要用浆糊刷在门板上上过浆才能用，揭下来的布十副铁砣，杭州人形容脑筋不转弯。十搭搭的傻子就叫门儿布。他有啥典故已经不记得了，他不住华光巷，只记得他经常走过，大家都出来看热闹，有人故意和他搭腔，有小孩戏弄他，他的表情和胡言乱语引起阵阵哄笑，我那时小，也看热闹，现在想来其实十分可怜！

意和他搭腔，有小孩戏弄他，他的表情和胡言乱语引起阵阵哄笑。那时我还小也看热闹，现在想来他其实十分可怜。

听说杭州城里还有一个模子像座铁塔一样大的拉板车的小伙子，他妈和妹妹每天帮他一起拉。传说他的骨头是黑的，真是好笑，难道他的骨头长在外面大家能看到的啊？

学跳舞

半个月前，一个朋友约我去学跳舞，又一次击中了我的软肋。从小唱歌跳舞就不是我的强项，肩、脖子、手腕都是僵硬的。幼儿园有个女同学姓汤，她爸也是美院老师，她妈是歌舞团的，我觉得她天生就会跳舞，那个小手软得一塌糊涂，以至于老爸看过她跳舞后，对我说：你的手是一把刀。好失落！看到小红姐姐的演出裙子真的是羡慕呢，羡慕呢，还是羡慕呢。回家在老伯伯房门口学着跳。

POST CARD
半个月前，一个朋友约我去学跳舞，又一次击中了我的软肋。从小跳舞就不是我的强项，肩、膀子、手腕都是僵硬的，幼儿园有个女同学叫妹娜，她爸也是美院老师，她妈是歌舞团的，我觉得她天生就会跳舞，那个小手软得一塌糊涂，以至于老爸看过她跳舞后，对我说：你的手是一把刀！好失落！看到小红姐姐的演出裙子真的是羡慕啊！羡慕啊！还是羡慕啊！回家在老伯伯房门口学着跳。

学工

我们那个年代要三学：学工、学农、学军。学军没学，另外两个都有学。先说说学工。

学校有个校办工厂，生产墨水瓶盖，不是光做一个盖子就完工了，里面还要衬两层纸（如图方框中所示），那就轮到我们这些不拿薪酬的童工大显身手了。每星期都有。

我们的任务分两种，一种是把两层纸塞好。学校辟了一个专门的教室来做，一大框盖子，两小盒圆纸片在等着我们。那时的课桌是翻盖式的，打开课桌盖，值日同学用一只小竹篮给大家分墨水瓶盖子，哗哗地倒下来，大珠小珠落木盘。

这个比较轻松，另一个任务有点技术含量——取料，在一大叠纸上用图中的工具一个个凿取。说说容易，但这个圆形刀用的时间长，钝了，做起来可就不容易了。我使劲地敲，使劲地敲，但还是慢。

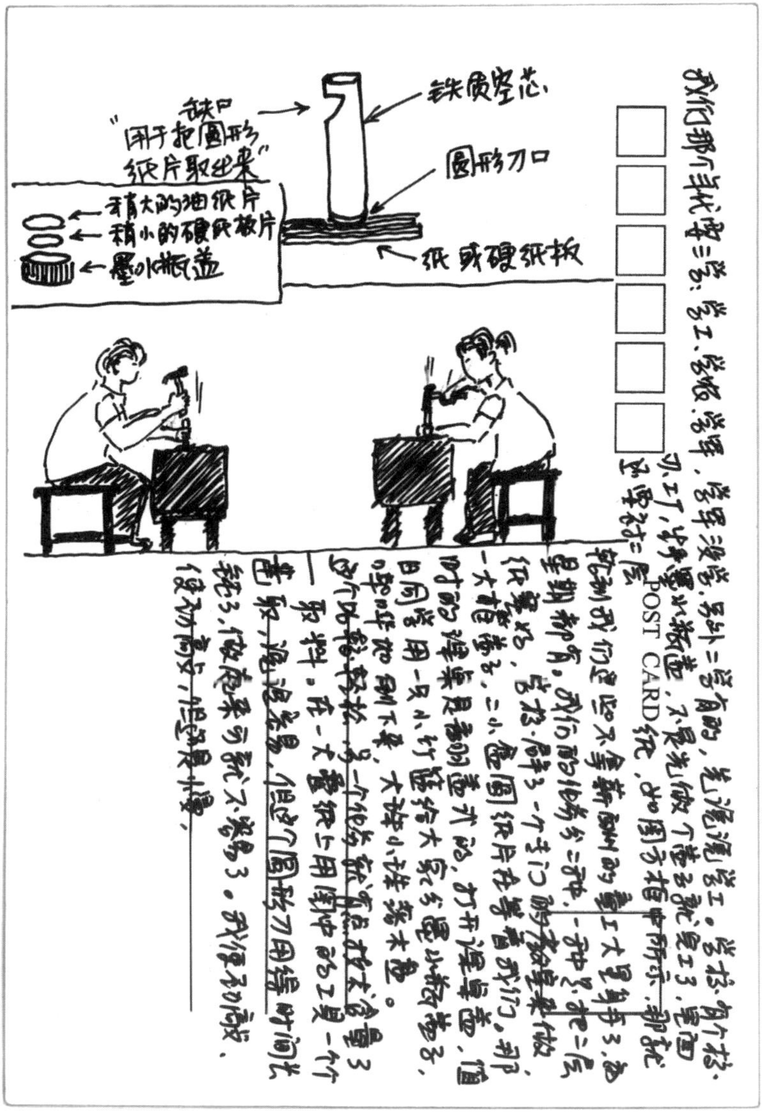
我们那个年代要三学：学工、学农、学军，学军没学，另外二学有的，先说说学工。学校有个校办工厂，生产墨水瓶盖，不是光做个盖子就完工了，里面还要衬二层纸，如图方框中所示，那就轮到我们这些不拿薪酬的童工大显身手了，每星期都有。我们的任务分二种，一种是把二层纸塞好，学校辟了一个专门的教室来做，一大堆盖子，二小盒圆纸片在等着我们。那时的课桌是翻盖式的，打开课桌盖，值日同学用一只小竹篮给大家分墨水瓶盖子，哗哗地倒下来，大珠小珠落木盘。
这个比较轻松，另一个任务就有点技术含量了——取料。在一大叠纸上用图中的工具一个一个取，说说容易，但这个圆形刀用得时间长钝了，做起来可就不容易了。我们便敲、使劲敲，但还是很慢，
POST CARD
缺口
"用于把圆形纸片取出来"
铁质空芯
圆形刀口
纸或硬纸板
稍大的油纸片
稍小的硬纸板片
墨水瓶盖

学农

学农是去吴山半山腰的一个菜园子。以前吴山还叫城隍山的时候，是多少孩子快乐的园地啊！有城隍庙、吴山酥油饼、大樟树，向右走去到了十二生肖石，再向前就有点探险的意境了，一直可以到馒头山……我不敢，最远只到过十二生肖石，但也足以满足我小小的身心了，如今不知已经多久没再去过了……

学农的主要内容是给蔬菜施肥，一般都是下午去，要求自备肥料和工具。第一次去我那个激动啊。但有个问题百思不得其解：印象中肥料么不总是那个啥嘛，我难道拎这个去？噫……左思右想，还是外婆指点迷津：拿点蔬菜皮去好了。于是，拿了个小篮子装了点乱七八糟的蔬菜皮就去了。

先去学校，然后排队步行去吴山。菜园子圈在一堵矮泥墙里，一扇破旧的木门看着要倒了一样，这样防防君子的也没人来偷。我把肥料倒在一棵蚕豆下就完事儿了。有时候实在找不到肥料，我把煤灰也带去过，嘻嘻，有点对不起了。

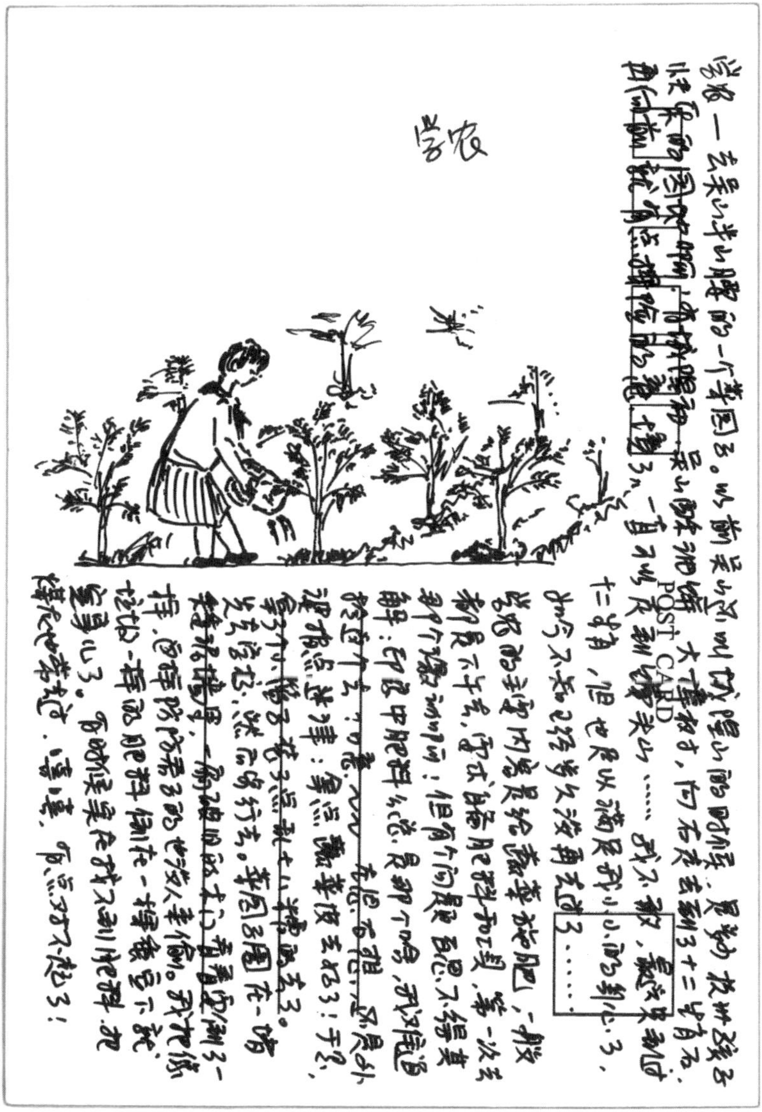
学农
学农——去吴山半山腰的一个菜园子。以前吴山还叫城隍山的时候，是多少杭州孩子快乐的园地啊，有城隍庙、吴山酥油饼、大樟树，向右走去到了十二生肖石，再向前就有点探险的意境了。一直不以为到镇吴山……我不敢，最远只到过十二生肖，但也足以满足我小小的野心了，如今不知已经多久没再去过了……
学农的主要内容是给蔬菜施肥，一般都是下午去，带上自备肥料和工具，第一次去那个激动啊！但有个问题百思不得其解：印象中肥料么总是那个啥，我难道拎这个去？！……左思右想，还是外婆指点迷津：拿点蔬菜皮去好了！于是，拿了个小篮子装了点乱七八糟的去了。先去学校，然后步行去。菜园子围在一堵矮矮泥墙里，一扇破旧的木门看看要倒了一样，这样防防君子的也没人来偷。我把像垃圾一样的肥料倒在一棵菜旁下就算事儿了。有时候实在找不到肥料，把煤灰也带去过，嘻嘻，有点对不起了！
POST CARD

看电影

世界杯开球，我是不看的，同学说我这是同世界脱节了，脱节就脱节吧。还是做回老年人，说说以前的事，不脱节的人不知要不要看。

6月2日想做一件二的事，最后做是没做，倒是想起一件小时光比较二的事。

忘记了是一年级还是二年级的时候，有天下午学校组织去前进电影院看电影。那是多幸福的事啊！要知道，看一场电影最便宜也要5分钱，现在白看呀！可把我高兴坏了。中午是回家吃饭休息的，心心念念想着，午睡也不踏实，好长时间才迷糊过去。突然惊醒，一看钟头，要来不及了，起身就走。走了一半，发现红领巾没挂，那还了得，查到要扣分的，对我这么个循规蹈矩的孩子来说是天大的事啊！回家！跑！我跑跑跑！心里急得不得了，满头大汗，脸庞绯红，冲进门。

老爸借了辆三轮车刚买煤饼回来，一问，说去学校肯定来不及的，直接坐三轮车去电影院吧。我死活不肯：老师说的在学校集合，就一定要去学校。老爸拿我没法，无奈只得叫我坐上三轮车向学校飞去。

学校里静悄悄的，一个人也没有，我跨出大门，泪流满面。

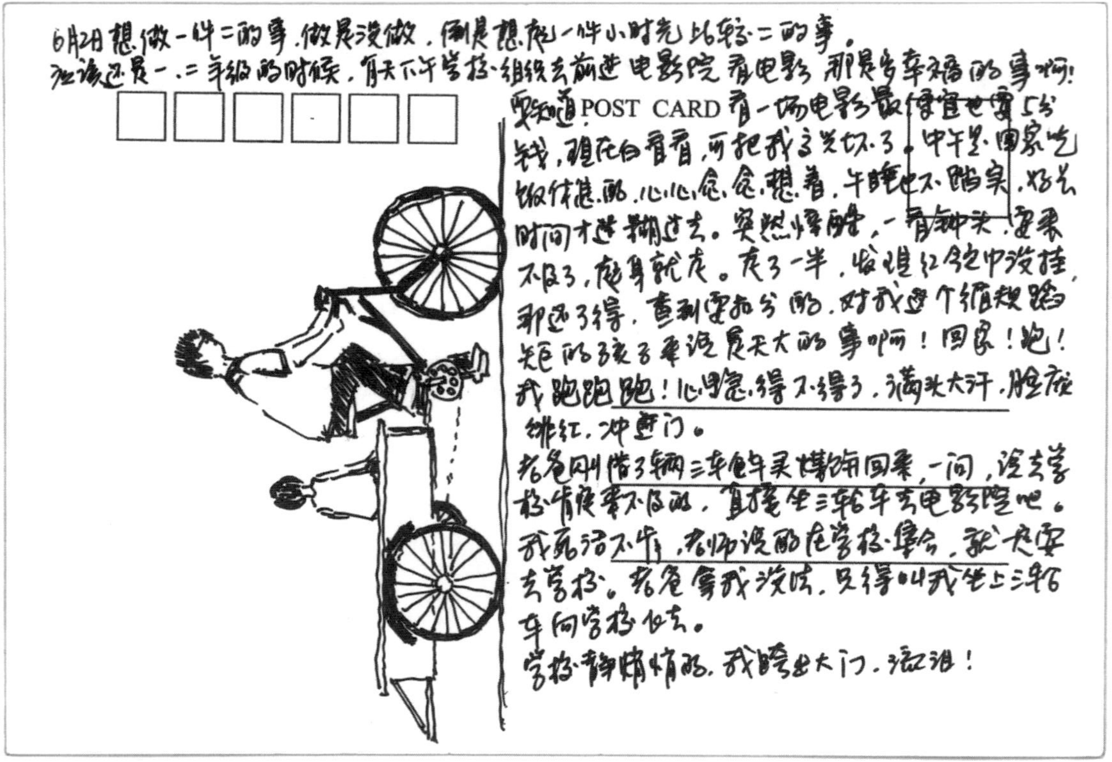
6月2日 想做一件二的事，做是没做，倒是想起一件小时候比较二的事。
应该还是一、二年级的时候，有天下午学校组织去前进电影院看电影，那是多幸福的事啊！
要知道 POST CARD 看一场电影最便宜也要5分
钱，现在白看看，可把我高兴坏了。中午坐回家吃
饭什么的，心心念念想着，午睡也不踏实，好长
时间才迷糊过去。突然惊醒，一看钟头，要来
不及了，起身就走。走了一半，发现红领巾没挂，
那还了得，查到要扣分的，对我这个循规蹈
矩的孩子来说是天大的事啊！回家！跑！
我跑跑跑！心里急得不得了，满头大汗，脸庞
绯红，冲进门。
老爸刚借了辆三轮车拿煤饼回来，一问，说去学
校肯定来不及的，直接坐三轮车去电影院吧。
我死活不肯，老师说的在学校集合，就一定要
去学校。老爸拿我没法，只得叫我坐上三轮
车向学校飞去。
学校静悄悄的，我跨出大门，流泪！

前进电影院

前两天开始放好莱坞大片《星际穿越》(*Interstellar*)，看得我这个物理学渣云里雾里，虽然那些物理理论非常晦涩难懂，但我对看电影的兴趣一点都没减。这个爱好来源于老爸，他非常喜欢看电影，以前每次美院礼堂放内部电影都捎上我，也不管我看不看得懂。再加上我家离前进电影院又近，所以打小我也就爱看电影，不管什么题材，来者不拒。

后市街里的前进电影院——多少孩子向往的地方，现已不复存在了！

每年期终考试考完放暑假前，老师会每人发一张单子，上面列有暑假里放映的电影。总有个十多部，价格基本上是5分钱至1毛钱，偶尔也有超过1毛的，其中有很多我最喜欢的动画片，《大闹天宫》《渔童》《一幅壮锦》等等。单子一拿到手，教室里就叽叽喳喳起来，像走进了菜场。先排除看过的，再和要好同学商量一下；然后看价钱，再心里面默想一下口袋里有多少零花钱；要是钱不够，

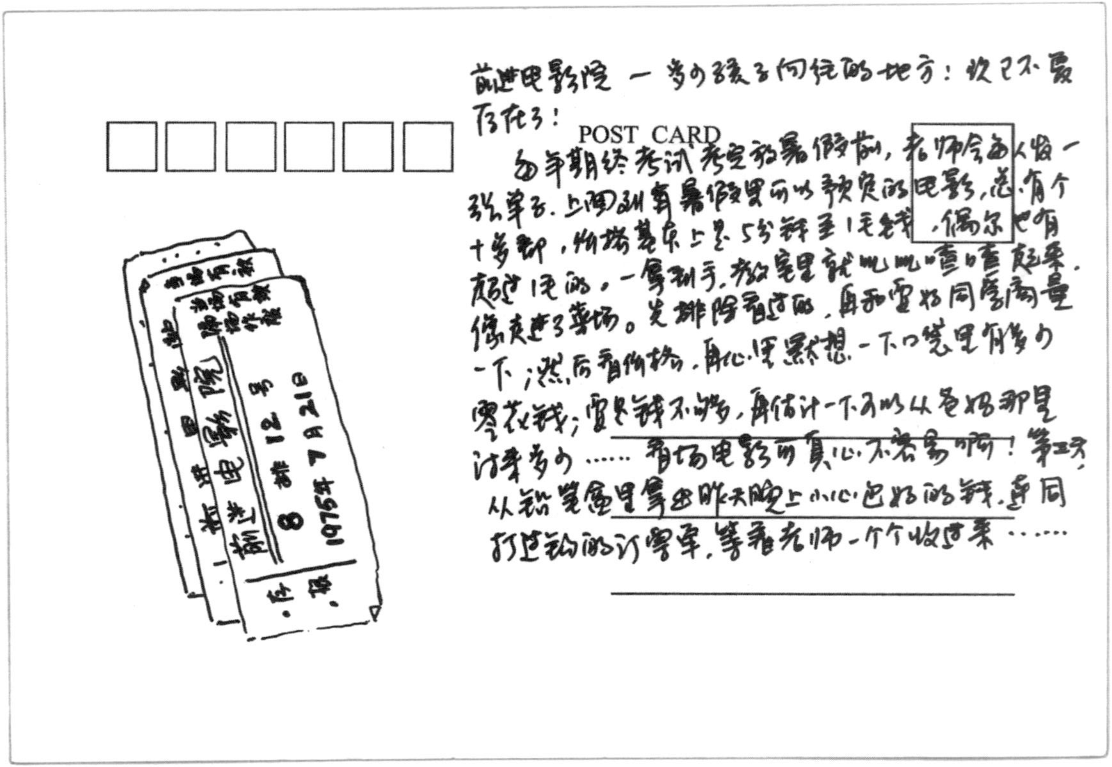
前进电影院
8 排 12 号
1975年 7 月 21日
存根
POST CARD
前进电影院 — 多少孩子向往的地方：如已不复存在了！
每年期终考试考完放暑假前，老师会每人发一张单子。上面列有暑假里可以观赏的电影，总有个十多部，价格基本上是5分钱至1毛钱，偶尔也有超过1毛的。一拿到手，教室里就叽叽喳喳起来，像走进了菜场。先排除看过的，再和要好同学商量一下，然后看价格，再心里默想一下口袋里有多少零花钱；零钱不够，再估计一下可以从爸妈那里讨来多少……看场电影可真心不容易啊！第二天从铅笔盒里拿出昨天晚上小心包好的钱，连同打过钩的订票单，等着老师一个个收过来……

再估计一下可以从爸妈那里讨多少……看场电影可真心不容易啊。第二天，从铅笔盒里拿出昨天晚上小心包好的钱，连同打过钩的订票单，等着老师一个一个收过来……

等几天拿到了票子，小小的、薄薄的一叠，五颜六色，无比珍贵，按日期前后顺序排好，在日历本上用红笔把日期圈出来，开始了等待。总是到了红圈圈的前一两天，心里无比地烦躁，做暑假作业也没心思了，跑进打出，早早地去同学家约好时间一起去。再想办法从大人那里讨得 3 分钱，可以在电影院小卖部里买根白糖棒冰吃吃，那是再好不过了。但往往这个 3 分钱是比较难讨的。

虽然现在可以看一场说看就看的电影，虽然票价涨了几百倍，虽然眼巴巴掰着指头数日子的情况不再重现，但看电影的心情还是一样的，好像这个是我的童年回忆中唯一没变的东西。

蒸晚饭

好像是到了三年级，我回到了高银巷小学本部上课。感觉本部大门像山门一样有左中右三扇，一进去的礼堂也是老式的，瓦顶朱柱，不知以前是不是一座庙？穿过礼堂才是钢筋水泥的一座新式教学楼，再里面却是两幢砖木结构的小楼，右边一幢一层是音乐教室，二楼就是上劳动课的教室。左边那幢就是食堂了，是给老师提供中餐的，不过学生有困难也可以搭伙，要先申请。不知为啥我成了搭伙的一员，我要去问问老爸。食堂还提供一项额外服务：蒸晚饭。也不知为啥家里要我蒸好饭带回去，也要问问。

每天早上带上米，吃过中饭用饭盒装了，淘洗干净，放在一个指定的桌上就好。下午放学了，大师父也蒸好了饭，还放在那桌上，每个饭盒上都刻着名字，拿走即可。这只饭盒陪伴了我好些时候。有一次我匆匆忙忙拿错过我班主任的饭盒，好像是姓韩的男老师，洗碗时才发现，把我吓得！怕老师骂，老爸安慰我说不会的。第二天，我小小心心地避着。果然，什么事也没有，后来我想了想，大概我和老师蒸的饭一样多，所以老师也就不追究了。

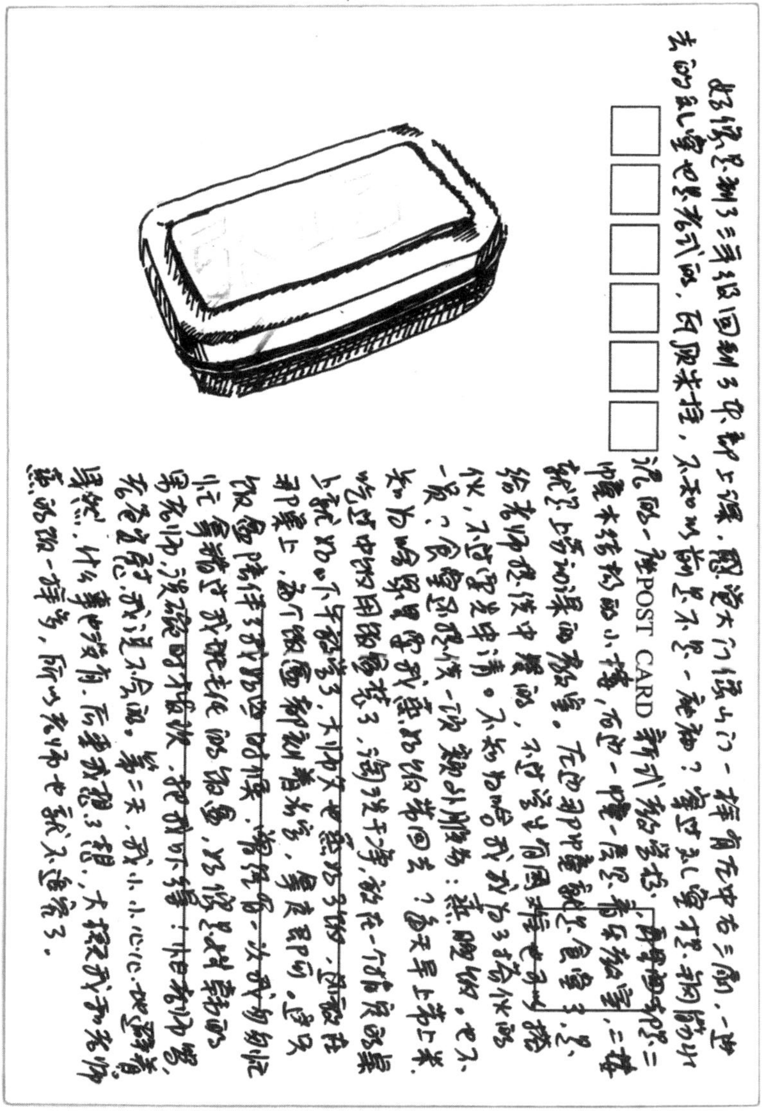
POST CARD
好像是到了三年级回到了本部上课，感觉大门像山门一样有左中右三扇，一进去的礼堂也是老式的，瓦顶木柱，不知以前是不是一座庙？穿过礼堂，是钢筋水泥的一座新式教学楼，再里面都是二幢木结构的小楼，右边一幢一层是音乐教室，二楼就是上劳动课的教室。左边那幢就是食堂了，是给老师提供中餐的，不过学生有困难也可以搭伙，不过要先申请。不知为啥我成为了搭伙的一员？食堂还提供一项额外服务：蒸晚饭，也不知为啥家里要我蒸好饭带回去？每天早上带上米，吃过中饭用饭盒装了，淘洗干净，放在一个指定的桌上就好。下午放学了，大师傅也蒸好了饭，还放在那桌上，每个饭盒都刻着名字，拿走即可。这只饭盒陪伴了我好些时候，曾经有一次我匆匆忙忙拿错过我班主任的饭盒，好像是对幸福的男老师，洗碗时才发现，把我吓得！怕老师骂，老爸安慰我说不会的。第二天，我小小心心地还着，果然，什么事也没有。后来我想了想，大概我和老师蒸的饭一样多，所以老师也就不追究了。

五个人

上数学课，我恨死了五个人：两个火车司机、两个人、一个游泳池管理员。

我读小学的时光是五年制，比现在少一年。五年级的数学应用题反反复复不是俩人你追我赶，就是两列火车对驰，问什么时候碰到，撞到不是出大事了嘛。再就是游泳池管理员吃了饭没事干，灌满游泳池又放光，多浪费水啊。每天对付这五个人，我晕啊。总觉得老师出的数学题不是用来做的，是用来刁难我的，真羡慕被老师叫上去在黑板上演示的同学，轻轻松松地在数学的海洋里遨游，我却淹死了。

数学一直是不好的，老师要提问的时候我一直用掉笔的方法来回避，做卷子一旦发现不会做的就跳过去，然而这一跳根本就是停不下来的节奏，一直到高中，有时还要抄同桌的作业。小学数学老师是个 50 岁左右的女老师，姓魏，脾气特好，见我被这五人打败，不急也不躁，还是轻声细语地一题一题地把我错的题再讲一遍，讲得我睡意朦胧，还得附和她的眼神……非常地对不起她，到现在我见到这种题还是做不出。还好嫁了个理工男。

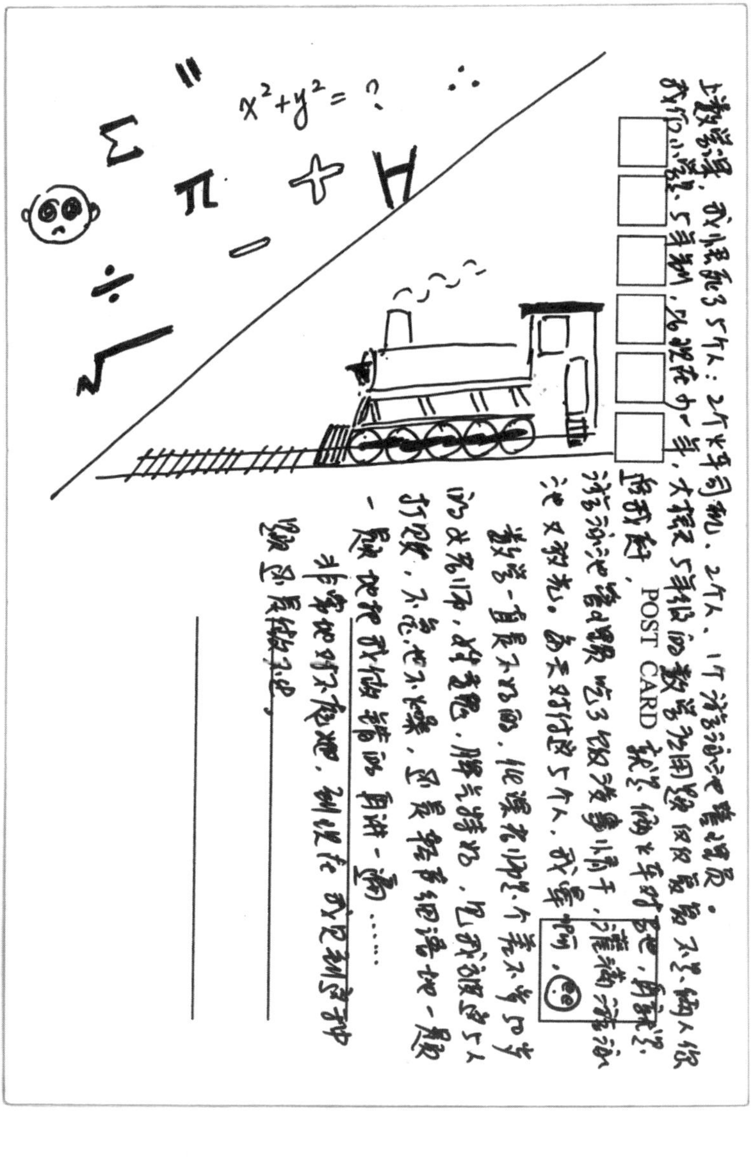
上数学课，我愁死了5个人：2个火车司机、2个人、1个游泳池管理员。
我们小学是5年制，比现在少一年，大概5年级的数学应用题反反复复不是俩人你追我赶，就是俩火车对开，再就是游泳池管理员吃了饭没事情干，灌满游泳池又放光。每天对付这5个人，我晕啊。
数学一直是不好的，但课老师是个差不多50岁的女老师，脾气特好，见我被这5人打败，不急也不燥，还是轻声细语地一题一题地把我做错的再讲一遍……
非常地对不起她，到现在我见到这种题还是做不出。
POST CARD
$x^2+y^2=?$

一种叫牛奶的液体

出了校门往右 100 米不到就是牛奶公司。

众多要凭票购买的商品里面，牛奶是最难弄到的一种，没有之一。老妈说我还是毛毛头的时候吃过一小段时间，后来一直到取消凭票供应，再也没吃过了。

套用《舌尖上的中国》的“舌尖体”：厚实的、胖墩墩的宽口玻璃瓶，装着一种雪白的液体，这种叫作牛奶的液体，如同母亲把味觉深植在孩子记忆中，这是不自觉的本能，这些液体一旦喝过，即使长大后路走得再远，熟悉的味道也会提醒孩子，牛奶的方向。想喝牛奶，没门！得凭票。这每月一张的小小的、薄薄的订奶卡左右着妈妈们的思绪，使出浑身解数一定要得到它。牛奶瓶盖子也像墨水瓶盖子一样有两层，外层是厚厚的牛皮纸，用棉线扎紧，食用蜡把线头封了；里层是一张光硬的圆纸板封住瓶口。重要的、精华的部分就要登场了，越是弥足珍贵的美味，外表看上去，往往越是平常无奇——牛奶的油脂，厚厚的一层，紧紧地粘着纸盖，须小心

杭州牛奶公司
POST CARD

地揭起，捏着，伸出舌头，一点一点慢慢地享受，这样才能给全身心带来幸福，从来也是如此。（这是我大起来看到隔壁小孩子在喝牛奶，骗他“让姐姐给你尝尝烫不烫”而得到的感受。）

放学了，走出校门，回家一定是要向右的。淡淡的奶香弥漫在周围，我最喜欢去旁边一条逼仄的小巷里看牛奶的生产线，铁栅栏窗里的流水线上机械手忙碌着，发出巨大声响，牛奶瓶子挤挤挨挨地哆嗦过去……我就这么呆呆地看，闻闻那香味也好，满足一下肚子里的蛔虫。还有个期望就是有人去冰库拿冰的话，可以捡些掉下来的碎冰屑玩玩。

台上一分钟，台下十年功

大概在二年级，有一天做眼保健操的时候，班主任通知我和另外一个男生到她办公室去（班主任姓什么忘了）。啊，我最怕的就是去老师办公室！我想，被老师叫去可能是每个孩子的噩梦，平时能不去尽量不去是我的准则。大家眼保健操也没心思做了，全班同学的眼光都粘在了你的背上，脑袋后沉甸甸地挂着无数个问号尾巴，保证可能还有某个调皮的同学幸灾乐祸地在想最好被老师骂。我脑子里飞快地过了一下最近做过的事，好像没有什么呀。作业都按时交了，值日生也是认认真真做的，在家里也没这么认真做过。确实是个拿老师的话当令箭的老实孩子。那男孩看上去比我更害怕。两颗小心脏“扑通、扑通”跳得全校都听得见。

二人磨磨蹭蹭地走进门，办公室里所有老师都在，齐刷刷地看过来，觉得那些眼神是一支支箭，分分钟可以把我俩钉在墙上做标本。同学们永别了！我不自觉地挺了挺胸，张口道：报告！班主任一转身，指着另一张桌上的一个鼓，叫我俩参加少先队仪仗队，做

POST CARD

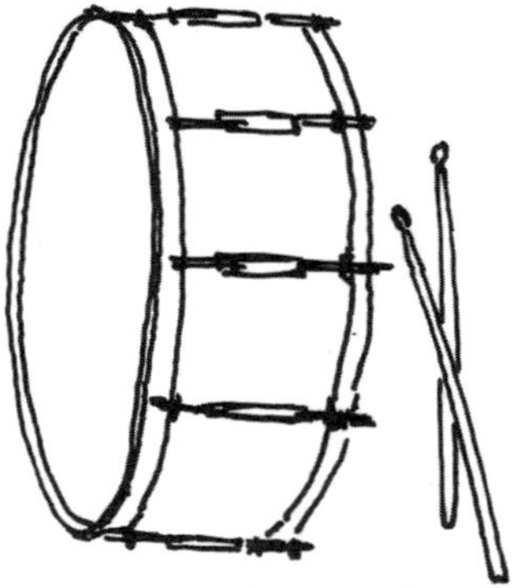

大概是在二年级，有一天做眼保健操的时候，班主任通知我和另一个男生到她办公室去（班主任姓什么忘了）。啊~~我最怕的就是去老师办公室！脑子里飞快地过了一下最近做过的事，好像没有什么呀！确实是，是个拿老师的话当金箍的老实孩子。那男孩比我更害怕，二颗小心肝"扑通！扑通！"跳得全校都听得见。人蹑蹑蹭蹭地走进门，班主任指着桌上的一个鼓，叫我俩参加少先队仪仗队，做鼓手。一听，顿时整个人松下来了，连忙说：愿意！愿意！

鼓手。一听这话，顿时整个人松下来了，二人大嘘一口气，连忙说：愿意！愿意！

以前没加入仪仗队时看到走在队伍最前面的、拿着金光闪闪的权杖的帅哥威风凛凛，加入了以后才知道排练、演出没那么容易。有同学回忆说：天不亮就出发，一等就是大半天，天冷冻得鼻涕直流，嘴唇发紫。真正是“台上一分钟，台下十年功”的写照。

油条猪油拌饭

前几日，远在美国的表哥问我：回忆中有没有他？关于我与他，还有他妹妹小时候的事倒是有几件记得。

他兄妹二人是大姨的孩子，表哥长我一岁，表妹小我二岁，三十多年前他们全家移民去了美国。表哥是我这辈中最年长的，大姨产假结束后要上班，表哥没人管，就扔给了外婆（不是老伯伯的夫人，是我自己的外婆），每个月交给外婆10块钱。过了一年我去了，两年后表妹来了，三个人手足情深，每天睡一张床，吃一碗饭，我与他兄妹二人的感情要比其他表姐妹的深一些。

外婆有八个子女，最小的小姨没工作，就帮着外婆管我们。早饭肯定是泡饭，杭州人的经典早餐三大件：泡饭、烧饼、油条。家庭条件好一点的可以买烧饼油条吃，一般人家都是拿昨晚剩下的冷饭加水烧成泡饭对付了事，有时买几块霉豆腐调调口味，最煞刻的是吃咸带鱼。带鱼用重重的盐腌起来，用盐用到啥程度呢？要到一块咸带鱼可以过三大碗泡饭的程度。

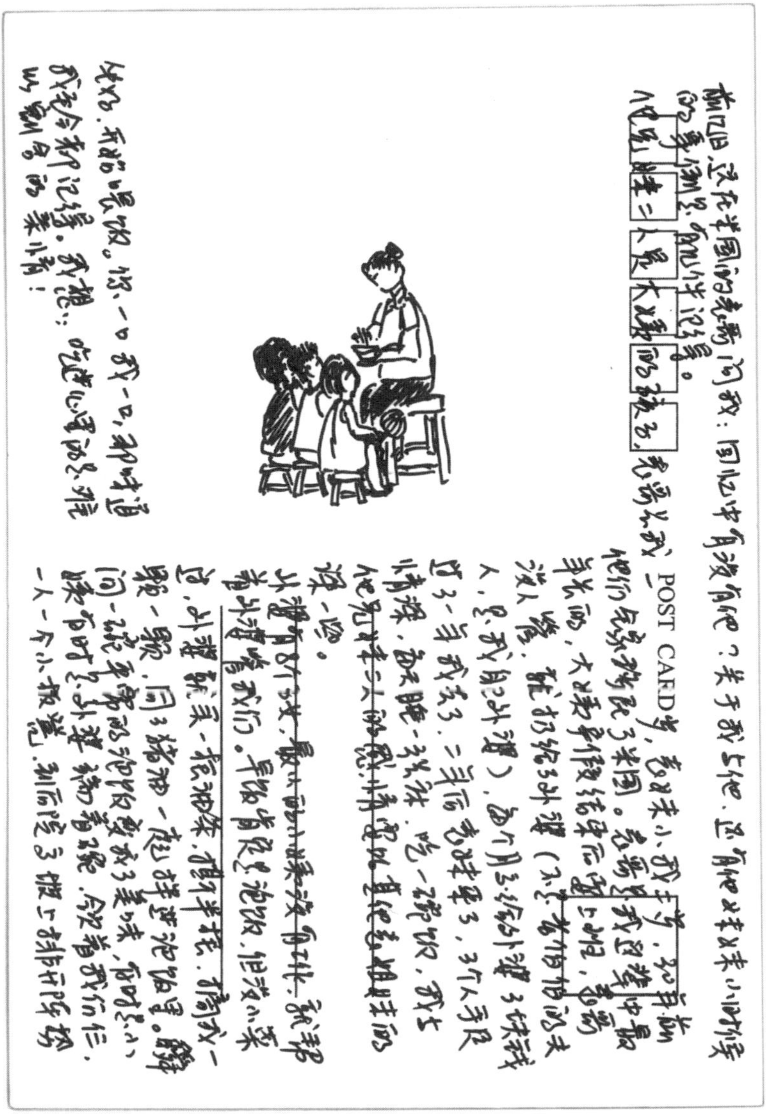

前几日，远在美国的表哥问我：回忆中有没有他？关于我与他，还有他妹妹小时候的事倒是有几件记得。

他兄妹二人是大姨的孩子，表哥长我一岁，表妹小我一岁，30年前他们全家移民了美国。表哥是我这辈中最年长的，大姨产假结束后要上班，表哥没人管，就扔给了外婆（不是爸爸的丈人，是我自己外婆），每个月给外婆3块钱。过了一年我去了，二年后表妹来了，3个人手足情深，每天睡一张床，吃一碗饭，我与他兄妹二人的感情要比其他表姐妹的深一些。

外婆有8个子女，最小的小姨没有工作，就帮着外婆管我们。早饭肯定是泡饭，但没小菜过，外婆就买一根油条，掰半根，掐成一颗一颗，同猪油一起拌进泡饭里。瞬间一碗平常的泡饭变成了美味，有时是小姨有时是外婆端着碗，领着我们仨，一人一个小板凳，到后院子坝上排开阵势坐好，开始喂饭。你一口我一口，那味道我至今都记得。我想：吃进心里的是难以割舍的亲情！

我们吃泡饭没霉豆腐也没咸带鱼，外婆就去买来一根油条，撕半根，摘成一颗一颗的，同了猪油、盐，一起拌进泡饭里。瞬间一碗稀松平常的泡饭变成了美味，猪油的香和着热气，腾腾地冒出来，盐的鲜绞着油条的脆在嘴巴里回旋。现在这么坐在电脑前回忆着那碗美好的早饭，当时可没有这样的想法，只想着能多吃几口。有时是小姨，有时是外婆，端着碗，领着我们仨，一人一个小板凳，到后院的高坡上排开阵势坐好，开始喂饭。轮流你一口我一口，那味道我至今都记得。我想，吃进心里的是难以割舍的亲情。

火烛小心

外婆住在岳家湾22号，是个大杂院，住着十多户人家。一进院子大门，就看到东一间、西一间搭出来的“披儿”，把原本就不宽的路挤得歪歪扭扭。这些“披儿”基本上都用来做厨房，路过门口的话还要小心从里面甩出来的洗菜水。

这个院子分前后两个院，连接前院与后院的是一条长长的、黑乎乎的、窄窄的通道，泥墙，没路灯，顶是圆拱形，像地道一样。外婆住在后院，要七拐八弯地才能过去。前几天我问老妈：怎么会有这样一条通道？原来以前这里是个尼姑庵。外公过世后，外婆一个家庭妇女要拉扯八个孩子，要吃穿又要上学，首饰、家具、皮毛大衣这些家中值钱的陆陆续续卖的卖、当的当，最后只剩下一张红木大床，一只大衣橱，几张红木凳子，一只大缸搬进了这里。

院子里每一户人家都要轮流值日一周，轮到外婆值周了，我们仨最高兴，因为可以跟着外婆去喊：“火烛小心！门窗关好！”

可是我们又最怕走这条通道，每每外婆总要点一盏小灯笼，暗幽幽的，像母鸡一样在最前头领着，我们三个或拉衣襟或拉手地一串跟着。表哥总想着吓唬人，要甩开我们的手，我和表妹一急向前一冲，便与他撞成一团，嘻嘻哈哈地走出黑道。

“越越，回来！”

我们三个睡外婆的超级豪华大床。床是红木的，有四根立柱，栩栩如生的葡萄藤从床脚一直延伸上来，汇聚在床楣中央，四周又有雕花围板，刻了人物、花鸟，现在想想可能是说一个什么典故。中午睡不着的时候我就手指头抠啊摸的，摸得几块板包浆都出来了，一圈摸遍就可以起床了。外沿脚旁边有一只与床齐平的方柜子，现在的年轻人肯定不知道这是干什么的，是放马桶的。这是外婆以前奢华生活的见证。后来老妈说到了小舅要讨老婆了，外婆没钱，就把床卖了200块钱，给小舅结婚用。我喜欢的雕花围板啊……

小时候难免生病，生病也不是一无是处，因为有水蒸蛋吃，这时候其他人都没得吃的。发烧了，小舅背我上医院，回来安顿我睡下。吃了水蒸蛋还不见好，半夜里又烧起来，我清清楚楚地看到外婆推开窗，月光如水，洒在外婆身上，外婆向空中喊：“越越，回来！越越，回来！”写到此，我泪流满面。外婆在我5岁时过世。

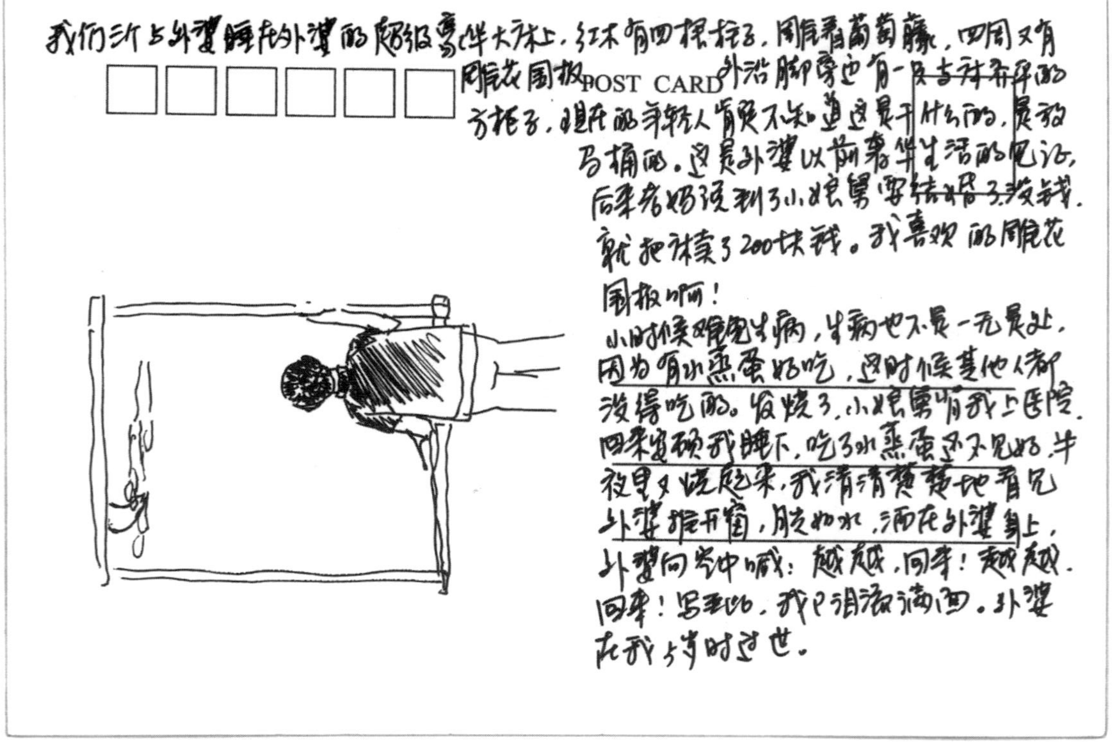
POST CARD
我们六个与外婆睡在外婆的超级豪华大床上，红木有四根柱子，雕着葡萄藤，四周又有雕花围板。外沿脚旁边有一只古朴齐平的方柜子，现在的年轻人肯定不知道这是干什么用的，是放马桶的。这是外婆以前奢华生活的见证，后来老妈说到了小舅舅要结婚了没钱，就把床卖了200块钱。我喜欢的雕花围板啊！
小时候喜欢生病，生病也不是一无是处，因为有小蒸蛋好吃，这时候其他人都没得吃的。发烧了，小舅舅背我上医院，回来安顿我睡下，吃了小蒸蛋还不见好，半夜里又烧起来，我清清楚楚地看见外婆推开窗，月光如水，洒在外婆身上，外婆向空中喊：越越，回来！越越，回来！写到此，我已泪流满面。外婆在我5岁时过世。

外婆去世

外婆因脑瘤去世，之前去上海治疗也无济于事，开刀后一年就复发，去世时才五十几岁，要是有现在的医疗技术，随便怎样我想五年总能捱的。外婆去世的那时还可以睡棺材、土葬。半夜来了一辆木板车把外婆的棺材运走，葬在丁桥的一座山上。

家中设了灵堂，七大姑八大姨的来了不少，外婆的妹妹从上海赶来，同外婆真像，一见面可把我吓了一跳。她姐妹俩感情一直很好，小外婆过世后就同外婆葬在一起，继续在天上做姐妹。

吊唁的人哭，家里的人劝，做事的人忙得脚不沾地，整个家乱哄哄的，没人来管我们三个了，由着我们发着人来疯。我们根本不知道死为何物，觉得来一个就哭、来一个就哭，很好笑，但大人不许我们笑，好别扭。不知怎么一回事，表哥打了我一下，我也哇哇大哭起来，引起了大人的注意，围拢来，我哭个不停，非要去打回来不可，任谁也拉不住。蹬！蹬！蹬！气势汹汹地冲到表哥面前，伸出手，却是像掸灰尘一样的在表哥外衣上掸了一下。如是，姐要的不是结果，要的是过程。这件事一直在亲友间流传至今。

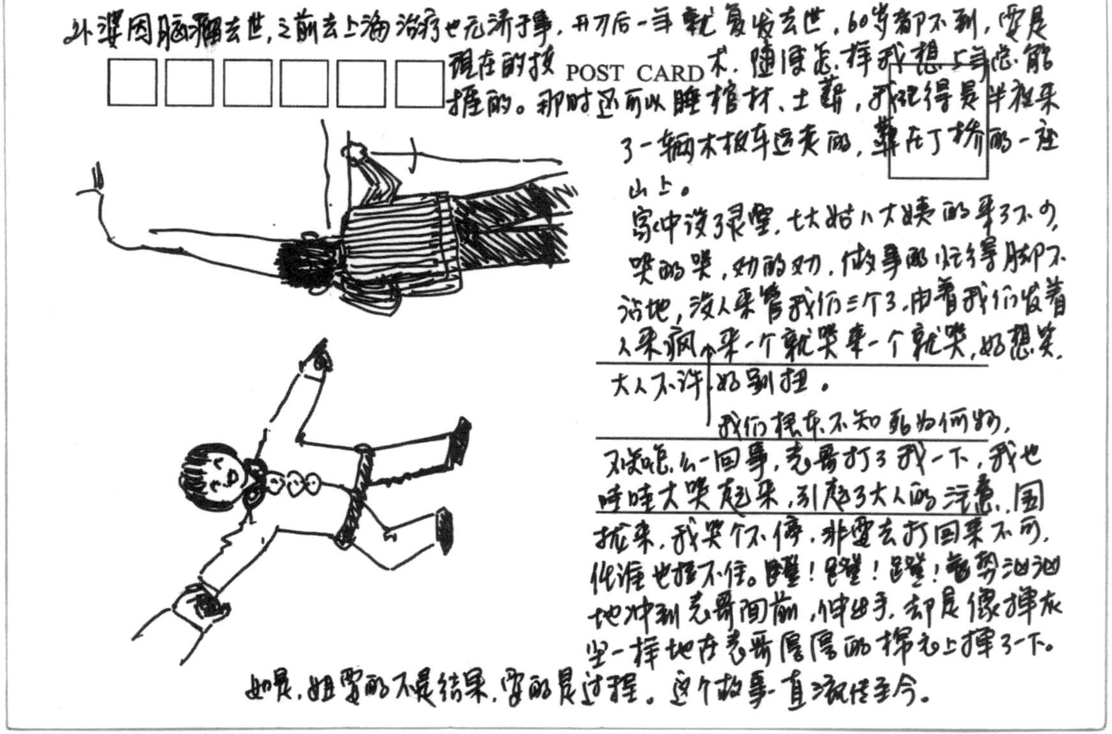
外婆因脑瘤去世，之前去上海治疗也无济于事，开刀后一年就复发去世，60岁都不到，要是现在的技术，随便怎样我想一定能挺的。那时还可以睡棺材、土葬，我记得是半夜来了一辆木板车运走的，葬在丁桥的一座山上。
POST CARD
家中设了灵堂，七大姑八大姨的来了不少，哭的哭，劝的劝，做事的忙得脚不沾地，没人来管我们三个了，由着我们发着人来疯。来一个就哭来一个就哭，好想笑，大人不许，好别扭。
我们根本不知死为何物，不知道怎么一回事，表哥打了我一下，我也哇哇大哭起来，引起了大人的注意，围拢来，我哭个不停，非要去打回来不可，任谁也拦不住。蹬！蹬！蹬！气势汹汹地冲到表哥面前，伸出手，却是像掸灰尘一样地在表哥厚厚的棉衣上掸了一下。
如是，姐要的不是结果，要的是过程。这个故事一直流传至今。

一块空地

外婆过世后，我就去上了南山路幼儿园，就在荷花池头潘天寿纪念馆前面一点。这样，我便与表哥表妹他们二人分开了，这时他们还住在平湖秋月那里，后来搬到了解放路现在的“佳丽摄影”旁边的科技局里面，姨夫就是在这里工作的。我最喜欢去这里的表哥家，因为与“三元”书场贴隔壁，书场有一扇窗就朝表哥家院子开的，我每次就同他兄妹二人站在窗外听里面说大书，味道那个好啊。再后来他们住在众安桥祖庙巷，他们从这里出的国，一晃三十多年了，表哥每次回来都要去旧地寻游一番。

大家各自上学，走动、联络较少了，但还是有一些。下面要写的，我已经忘了，是表哥提起才想起的。

前面说过我的房间窗前有一小块空地，对这块空地总想做些啥，里面长着杂草，堆了一些石块、破瓦片，左边是老伯伯的卧室，右边是我家厨房，前面就是隔开 45 号与 47 号的围墙。一天大姨带表哥来串门来了，大人谈天，我们二人也谈天。表哥指着那堆石头说：

不知这石头能不能当图章刻？可能他看到老爸刻图章，觉得挺好玩，当下决定由他从窗口跳下去捡几块来。二话不说，说跳就跳。“啾，啾，这块这块。”挑挑拣拣，认真仔细，不亚于淘金。

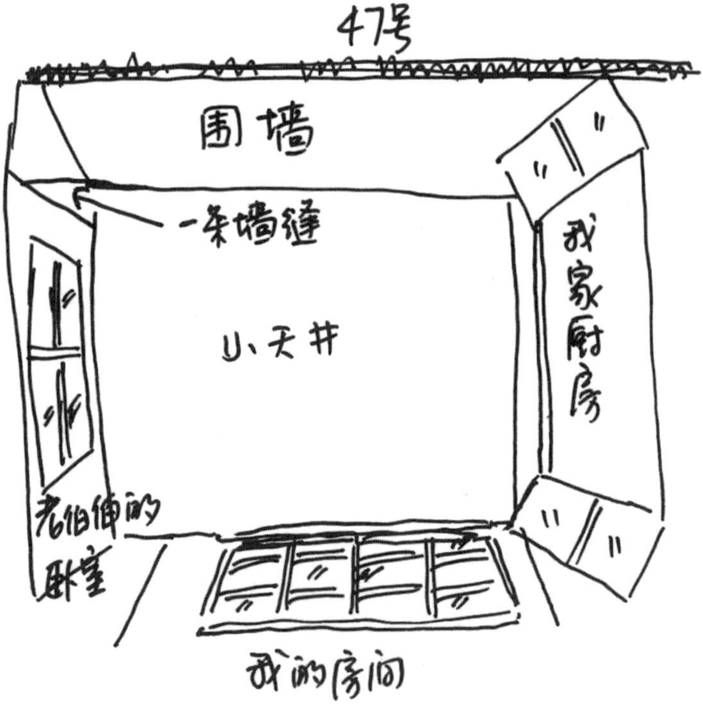

剪头发

我们的头发都是外婆操刀剪的，我嘛童花头，表哥小板寸，好像表妹是梳辫子的。外婆有两张像小桌子一样的大方凳（红木做的，现在一张在老妈家），上面再放一张小板凳，这样的高度刚好。我爬上去，乖乖坐好，外婆拿件她的衣服在我脖子上一围，唰唰开剪。

外婆是个喜乐的人，你想啊：一个家庭妇女，没工作，要养活八个子女，想不开的话不是不用活了嘛。老爸也经常说：哪怕晚上没米了，外婆还在“抢人家”（杭州话，指在别人家串门聊天）呢。外婆一边剪一边同小姨说着话，“哎哟！”我的左耳朵一疼，哇哇大哭，是剪着我的耳朵了。外婆一点也不着急，家里备有黄纱布，把我的耳朵包得严严实实，不亚于梵高的耳朵，所有人看着我的耳朵哈哈笑。我的耳朵破了，你们还笑，我懊恼啊，委屈啊，死也不肯走出去。

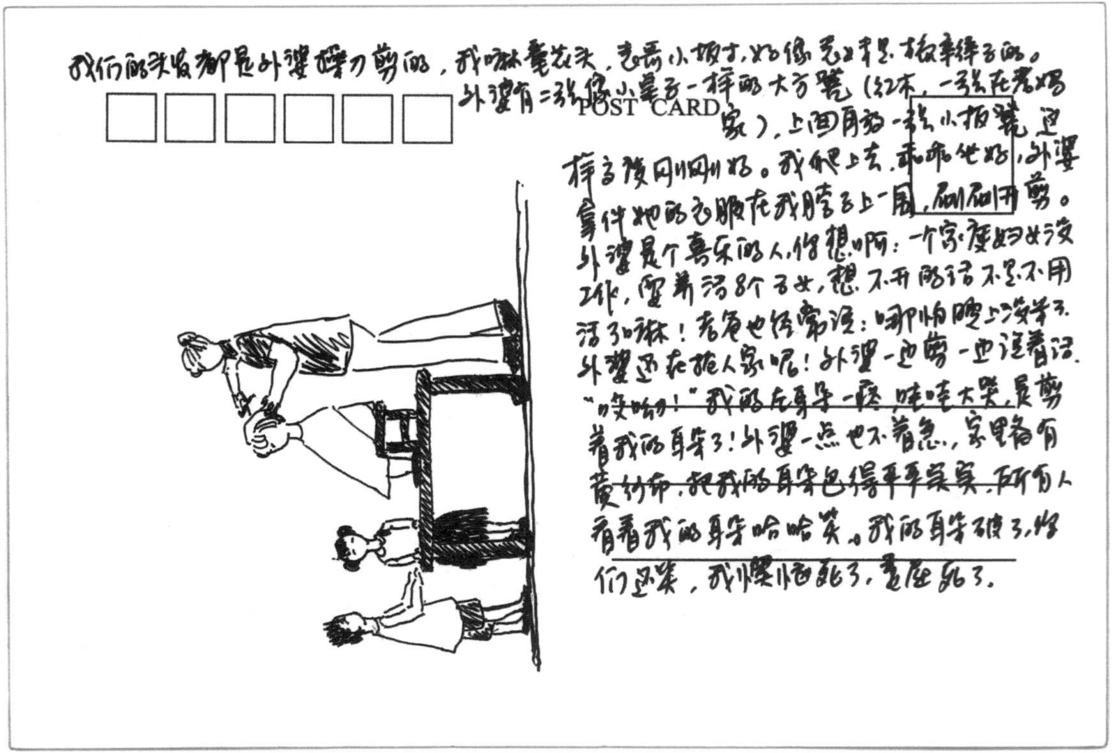
我们的头发都是外婆拿剪刀剪的，我的蘑菇头，表哥小板寸，
外婆有一张像小桌子一样的大方凳（红木，一张在老妈家），上面有一张小板凳，这样子高度刚刚好。我爬上去，乖乖坐好，外婆拿件她的衣服在我脖子上一围，刷刷开剪。
外婆是个喜乐的人，俗话说啊：一个家庭妇女没工作，要养活8个子女，想不开的话不是不用活了嘛！老爸也经常说：哪怕晚上没米了，外婆还在跟人家唱呢！外婆一边剪一边说着话，"哎哟！"我的左耳朵一疼，哇哇大哭，是剪着我的耳朵了！外婆一点也不着急，家里备有黄纱布，把我的耳朵包得严严实实，所有人看着我的耳朵哈哈笑。我的耳朵破了，他们还笑，我懊恼死了，委屈死了。
POST CARD

学校门口的瞎子

同学们有谁还记得校门口卖花生的瞎子？他常年穿着一套旧得发白的蓝色中山装，眼窝深陷，确实是全瞎了，有点慌兮兮，好几年以后才戴墨镜遮掩。

他非常敬业，每天都见他站在学校大门口对面的墙边，旁边靠着一根探路竹竿。中午放学、下午上学、下午放学都是大卖的好时光。大大的木头箱子挂在胸前，最上面一档放着几个瓶子，中间一刀一撕两半写过字的作业本，下面用木板隔了，盛着花生、蚕豆、黄豆这些零食，都炒熟了。

他的小拇指留着黄黄的长指甲，有点腻心。这指甲可是非常有用的，旁边的纸，拿指甲一挑，两手一卷，圈成一个漏斗状的圆锥碗，你要什么，他就用脏兮兮的手准确无误地抓进一把，无他，唯手熟尔。心情好的话给你添个一两颗。一扬手，从这个瓶子里洒点甘草粉，从那个瓶子里倒点糖精水，看得你眼花缭乱，像个潇洒的调酒师。“3 分。”一个三角形的纸包已经送到你鼻子底下了。我好奇

有谁还记得校门口卖花生的瞎子？他常年穿着一套旧得发白的蓝色中山装，墨镜好像是好几年以后才戴的，眼窝凹陷，确实是全瞎了，有点儿怕人。
POST CARD
他非常敬业，每天站在大门口对面的墙边，中午放学、下午上学、下午放学都是他大卖的好时光。大大的木头箱子挂在胸前，最上面一排放着几个瓶子，中间一刀一刀撕下半写过字的作业本，下面用木板隔了，放着花生、瓜子、蚕豆，都炒熟了。
小拇指留着黄黄的长指甲，有点儿恶心，这指甲可是非常有用的，裁出的纸，拿指甲一划，两手一卷，围成一个漏斗状的圆桶，你要什么，用脏兮兮的手准确地抓进一把，无他，唯手熟尔！心情好的话给你添个一、二颗。一扬手，从这个瓶子里洒点甘草粉，从那个瓶子里倒点糖精水，看得你眼花缭乱，像个练酒的调酒师。“了你！”一个三角形的纸包已经送到你鼻子底下，我好奇怪：不会弄错人吗？好像从来没弄错过！我零花钱不多，也是难得买一次。

怪：不会弄错人吗？好像从来没弄错过。我本来零花钱就不多，也是难得买一回。后来，他和他的也是瞎子的老婆居然搬进了 47 号，就住在井边的一间屋子里，我好奇地去张望了一下，从此发誓，再也不买他的东西了。

洋囡囡

除了瞎子，还有个老太太卖零食，也是很受欢迎的。印象中是个驼背，缩成一团，吃食装在一个大篮子里，用纸袋盛着，有桃干、橄榄这些蜜饯。最抢手的是一种叫“洋囡囡”的，一粒粒雪白，大小跟西米差不多，但一点都没分量，放进嘴里像吃空屁，现在想来应该是一种膨化食品，不知这个高大上的名字是不是老太太想出来的。老太太用一只非常小的酒盅做量具，吆喝：“一——方田——二杯！”意思就是：一分钱二杯。由你量力而行。

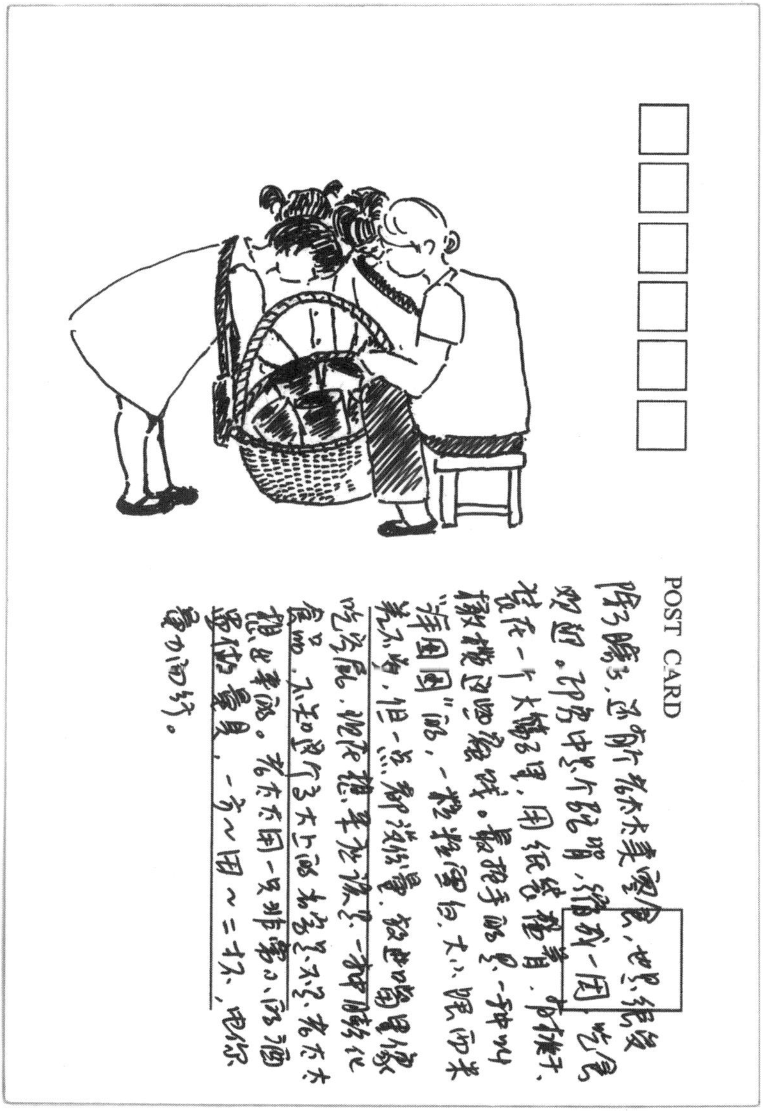
POST CARD
除了瞎子，还有个老太太卖零食，也是很受欢迎。印象中是个驼背，缩成一团，吃食装在一个大篮子里，用纸袋装着，有梅子、橄榄之类的零嘴。最抢手的是一种叫"洋囡囡"的，一粒粒雪白，大小跟西米差不多，但一点都没份量，放进嘴里像吃空气，现在想来应该是一种膨化食品，不知道这个了不起的发明是不是老太太想出来的。老太太用一只非常小的酒盅做量具，一分～两～二杯，由你量力而行。

捏面人儿

捏面人儿的大叔不是经常来的，哪天在了，他的小摊儿肯定被围得水泄不通。饱经风霜的木头箱子里装着各色面泥，旁边插着一把细细的竹签子，最上面插着做好的样品：孙悟空、猪八戒、龙等等。要什么可以点的，大叔给你现场做，所以比较贵，买的人不是很多，大多是爷爷奶奶来接的孩子，死缠着要，拗不过了才买一个。我倒真的不是一定要一个，而是醉心于他做的过程，有人买了，最高兴，旁边的同我一样呆看的很多。大叔两手翻飞，这里一挑，那里一捏，做得活灵活现，我真的佩服死了。

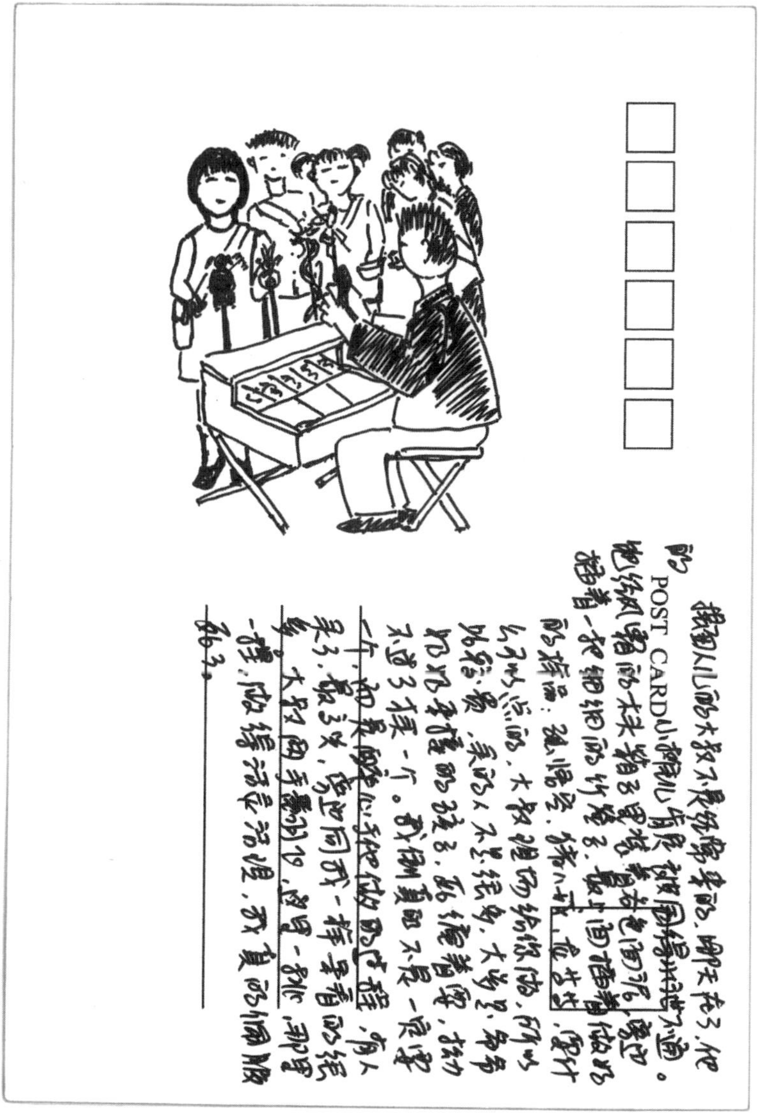
POST CARD
捏面人儿的大叔不是经常来的，哪天来了，他的小摊儿肯定被围得水泄不通。
他给风帽的木头箱子里装着各色面泥，旁边插着一把细细的竹签子，最上面插着做好的样品：孙悟空、猪八戒、老寿星，要什么可以点的，大叔现场给你做，所以略稍贵，来的人不是很多，大多是爷爷奶奶带着的孩子，死缠着要，拗不过了才买一个。我倒真的不是一定要一个，而是耐心看他做的过程，有人来了，最多的，旁边同我一样呆看的很多。大叔两手翻飞，这里一揪，那里一捏，做得活灵活现，我真的佩服死了。

“马子xiezei”[1]唱的歌

整条华光巷的人家都没厕所的。厕所，这么高档的东西，只有楼房里才有，我们住平房的，用的是“马子”。“马子”＝马桶，杭州人总是慷慨地赋予一个物事特别的称呼，而且关于“马子盖儿”还有个童谣：“哭作毛儿笑兮兮，马子盖儿拍照相。”

每天傍晚有“倒污（杭州话读第四声）车”来倒“马子”。“倒污车”和“马子”都是木头做的。一精瘦老头戴着草帽穿着草鞋（注意：是真正的草做的鞋哦），总是以往前倾45度的样子拉着“倒污车”出现在巷尾。47号大门出来两点钟方向是定点的“马子”集中处，老头打开车顶盖，把“马子”倒干净，又拉向下一个集中点，井边就响起了“马子xiezei”唱的歌。

如果错过了，要么等明天再倒；如果脱落好几天，那就只能自己到公共厕所去倒了。好在不远，取了扁担和老爸抬着去，老爸心疼我，“马子”总是靠他近一点，走过公安局，路口右转大约100米就到公厕了。

1　“马子xiezei”，指洗马桶用的竹刷子。

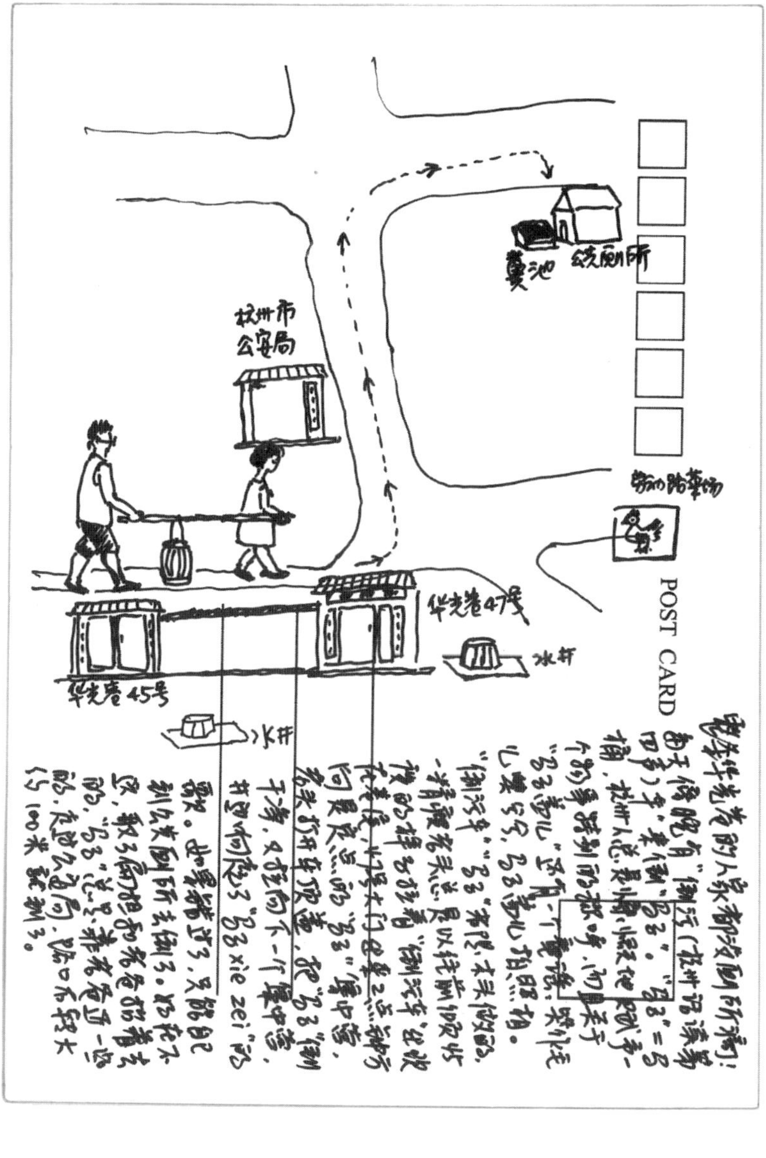
杭州市
公安局
粪池
公共厕所
华光巷45号
华光巷47号
水井
水井
POST CARD

吃宝塔糖

吃宝塔糖打蛔虫应该是上幼儿园前的事，我没有记忆，是后来老妈讲的。

上幼儿园前都在外婆家，大姨交给外婆每月 25 块钱，老妈交 10 块钱，再加上工作的三人（大舅、大姨、老妈）交的月规钱每人 10 块钱，这 65 块钱实际要养活三小三大，三个大人是外婆、小舅、小姨，他们都没工作，吃饭都困难更别提零食了。外婆比较随性，由着我、表哥、表妹仨彻天彻地地“搞”，我们也最喜欢没人约束，能和其他孩子玩，躲猫猫果儿、抓抓儿、过家家……最重要的一点，能去别人家里吃点啥，并且尝试一切看起来能放进嘴里的东西，前一秒刚捏过泥巴的手，后一秒就往嘴里塞东西了，这样的后果可想而知。老妈说有一天晚上给我洗屁屁，脱下裤子，“啪嗒”，一团黑乎乎的东东掉进脚盆里，吓了一大跳，还以为是那个啥，仔细一看，居然是一根已经被我压扁的虫虫。

吃宝塔糖，吃宝塔糖！吃了坐痰盂，战果辉煌！

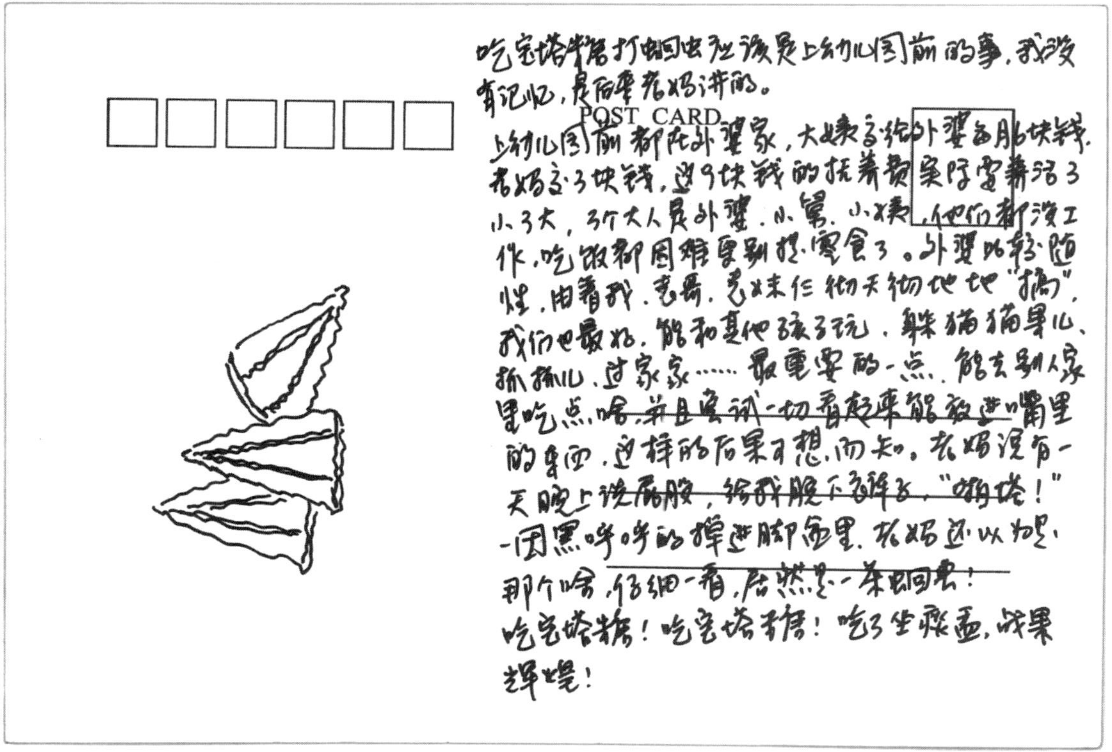
吃宝塔糖打蛔虫应该是上幼儿园前的事，我没有记忆，是后来老妈讲的。

POST CARD

上幼儿园前都在外婆家，大姨子给外婆每月6块钱，老妈给3块钱，这9块钱的抚养费要养活3小3大，3个大人是外婆、小舅、小姨，他们都没工作，吃饭都困难，更别提零食了。外婆比较随性，由着我、表哥、表妹仨彻天彻地地"搞"，我们也最好，能和其他孩子玩，躲猫猫儿、抓抓儿、过家家……最重要的一点，能去别人家里吃点啥，并且尝试一切看起来能放进嘴里的东西，这样的后果可想而知。老妈说有一天晚上洗屁股，给我脱下裤子，"啪嗒！"一团黑呼呼的掉进脚盆里，老妈还以为是那个啥，仔细一看，居然是一条蛔虫！
吃宝塔糖！吃宝塔糖！吃了半痰盂，战果辉煌！

一只铅笔盒

老爸出差上海，给我买回来一只铅笔盒。哇！没看到过这么漂亮的！我敢肯定整个学校，甚至杭州市都找不到第二只。那个时光物资奇缺，只有上海最繁华，什么都要去上海买，毛线、饼干、衣料等等，如果有个亲戚朋友在铁路跑上海线的话，那可吃香呢！

真的没想到老爸会给我买个铅笔盒，一个大大的意外，因为我知道家里不太有闲钱。拉链式，姜黄色皮革面，上面站着一只神气的小长颈鹿，白身黄点，非常轻巧、时髦。当然跟现在的学习用品是没法比，但要知道那是七十年代哎，用杭州话讲就是：拐得过钱塘江的。

它可给我好好地长了一回脸，同学们个个都是羡慕嫉妒恨。哈哈，我心里别提多得意了！我非常宝贝它，一点点脏就用橡皮擦干净，一直用得很破了还舍不得扔。

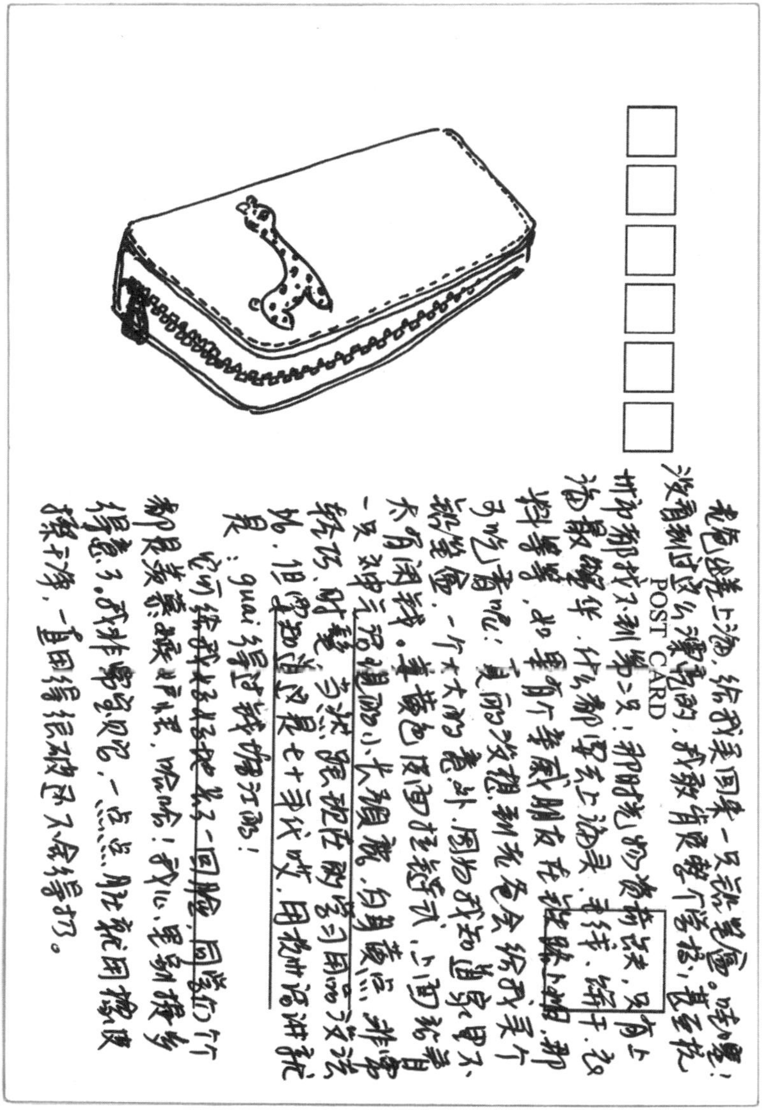
POST CARD
老爸出差上海，给我买回来一只铅笔盒。哇噻！没看到过这么漂亮的，我敢肯定整个学校，甚至杭州市都找不到第二只！那时候物资奇缺，只有上海最繁华，什么都要去上海买，毛线、饼干、衣料等等，如果有个亲戚朋友在铁路上的，那可吃香呢！真的没想到老爸会给我买个铅笔盒，一个大大的意外，因为我知道家里不太有闲钱。米黄色皮面拉链式，上面贴着一只神气活现的小长颈鹿，白身黄点，非常轻巧、时髦，当然跟现在的学习用品没法比，但要知道这是七十年代哎，用杭州话讲就是：guai得过钱塘江的！
它可给我好好地长了一回脸，同学们个个都是羡慕嫉妒恨，哈哈！我心里别提多得意了。我非常宝贝它，一点点脏就用橡皮擦干净，一直用得很破还不舍得扔。

去上海

老爸去上海出差还带我去过一次，先去了动物园，当时叫西郊公园，买了张地图坐公交车去的。杭州的动物园跟它比是小巫见大巫了，杭州动物园在钱王祠里面，离刘英俊雕像不远，只有大概二十几种动物。而上海的动物园走进去看得我眼花缭乱，恨不得多长几只眼睛。

第二站不知是去博物馆还是去一个单位，忘了。小孩不让进，老爸又不得不进去，只好把我留给传达室大伯，千叮咛万嘱咐，急匆匆地进去了。无聊啊！无聊啊！还是无聊啊！

最后去的地儿好像是要给我补偿一样，老爸带我去了他同学家。他同学也姓张，老爸说他在上海儿童电影制片厂画动画片，一下就在心里崇拜他了，不过好几年前已作古了。到了他家已经吃过晚饭了，走上一道陡直的楼梯就到了。叔叔打开桌上一只饭盒，指着里面的东西叫我吃。这是什么？一块块长方形雪白雪白的，每块上面有一红一绿两朵花，一盒有个四五块。“小囡，来吃。奶（上海话读作“拿”）油蛋糕。”我不明就里，什么是奶油蛋糕？看看老爸，他也让我吃，我才送进嘴。天呐，吃到了什么……（此处省略100字）这是我生平吃到的第一块奶油蛋糕。告辞出来，老爸客气没把剩下的带走，好失望啊。

接下来就像电视剧里一样，好到极致便跟着一件坏事，坐公交被小偷光顾，让我见识到人性的灰暗。要转车时老爸才发现口袋里的零钱没了，正懊恼，我怯怯地开口：“刚才我的手插在你口袋里，有个叔叔的手也伸进来了。”“你为什么不跟我说？！”老爸大吼，完了，无疑是火上浇油，我被骂得狗血淋头。我确实没意识到这是个小偷，我为我的诚实而付出的代价是走回旅馆。

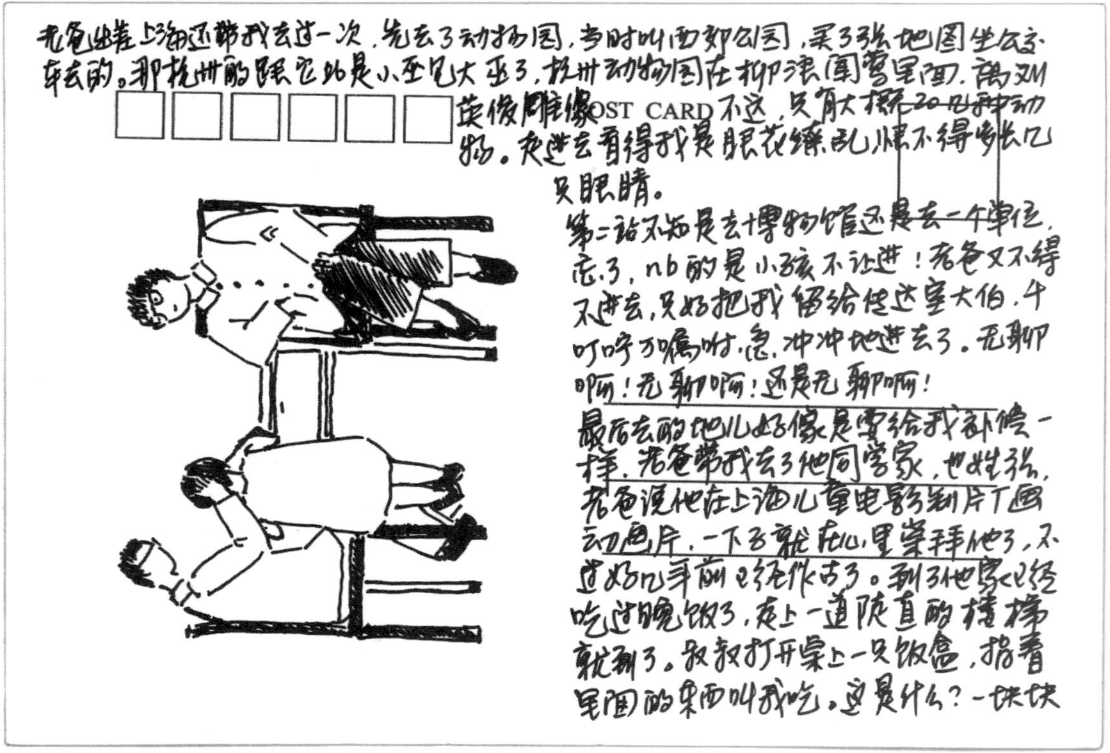
老爸出差上海还带我去过一次，先去了动物园，当时叫西郊公园，买了张地图坐公交车去的。那杭州的跟它比是小巫见大巫了，杭州动物园在柳浪闻莺里面，离刘英俊雕像不远，只有大概20几种动物。走进去看得我是眼花缭乱，恨不得多长几只眼睛。
POST CARD
第二站不知是去博物馆还是去一个单位，忘了，nb的是小孩不让进！老爸又不得不进去，只好把我留给传达室大伯，千叮咛万嘱咐，急冲冲地进去了。无聊啊！无聊啊！还是无聊啊！
最后去的地儿好像是要给我补偿一样，老爸带我去了他同学家，也姓张，老爸说他在上海儿童电影制片厂画动画片，一下子就在心里崇拜他了，不过好几年前已经作古了。到了他家已经吃过晚饭了，走上一道陡直的楼梯就到了。叔叔打开桌上一只饭盒，指着里面的东西叫我吃。这是什么？一块块

亭子间

我们这幢小楼还有个亭子间，楼梯在薛家伯伯家里，是三户人家共用的，用来堆一些杂物和不用的家具。扶手看上去有点歪斜，木质楼板一踩像疼了一样“吱吱呀呀”地叫，完全就像《简·爱》里那疯子住的地方，我真怕我走上去它受不了要塌。我一定要跟着大人才敢去。光线从老虎窗外透进来，老妈一倒腾东西，灰尘就欢欢喜喜地在阳光里跳舞。老妈后来跟我讲，外婆曾经把家里的钱包在一块布里，塞进了亭子间的杂物堆里，就她俩知道这件事。

不敢上去还有个原因：怕野猫。它们在房顶、阁楼、夹层里乱窜，碧幽幽、凶巴巴的眼神，无声地瞪着你，到了春天叫起来瘆人得很。外婆是恨死了，叫大娘舅和老爸想办法捉。二人在野猫经常活动的地方，用了一根细木棍支起一只倒扣的脚盆，里面不知放了点啥吃食。真的捉到了一只哎。老爸，忘了还有几个是谁，居然烧烧吃掉了。不知是吃了火重还是刚好巧合生眼病，吃过猫肉后老爸的眼睛变红了，我吓死了，怕老爸变成野猫。

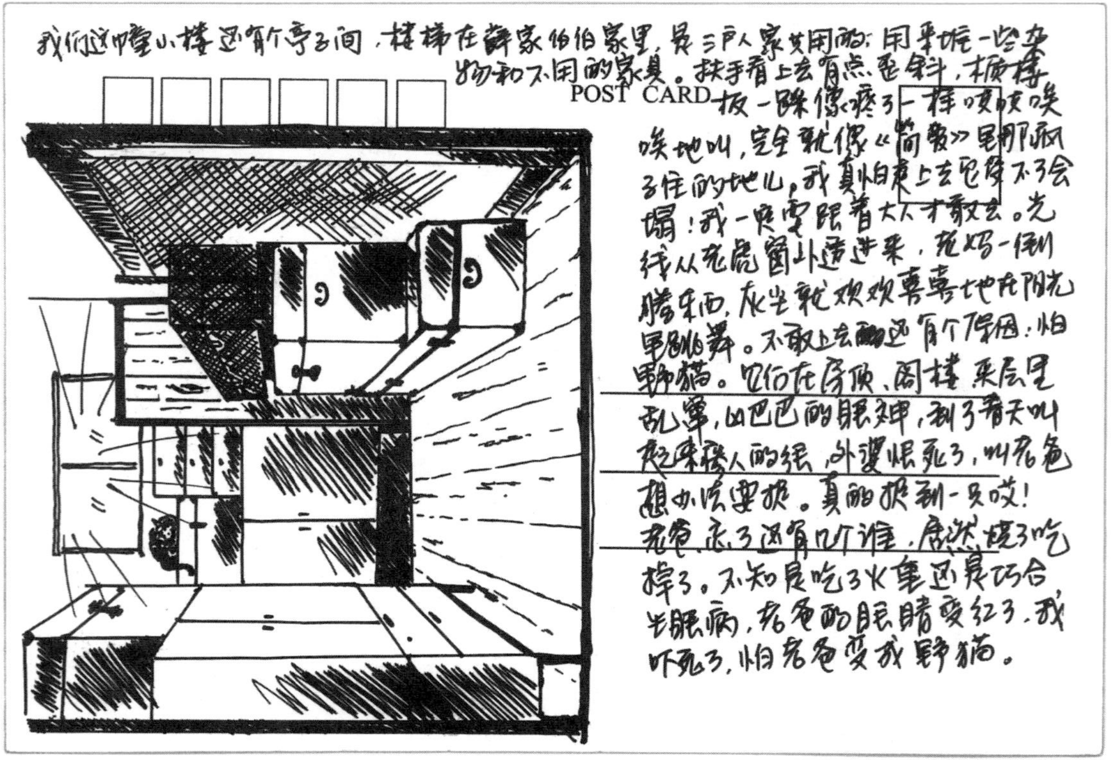
POST CARD
我们这幢小楼还有个亭子间，楼梯在薛家伯伯家里，是三户人家共用的；用来堆一些杂物和不用的家具。扶手看上去有点歪斜，楼梯板一踩像疼了一样吱吱吱吱地叫，完全就像《简爱》里那疯子住的地儿，我真怕走上去它会不会塌！我一定要跟着大人才敢去。光线从老虎窗斗透进来，老妈一到晒东西，灰尘就欢欢喜喜地在阳光里跳舞。不敢上去还有个原因：怕野猫。它们在房顶、阁楼夹层里乱窜，凶巴巴的眼神，到了春天叫起来瘆人的很，外婆恨死了，叫老爸想办法要捉。真的捉到一只哎！老爸忘了还有几个谁，居然烧了吃掉了。不知是吃了火气还是巧合生眼病，老爸的眼睛变红了，我吓死了，怕老爸变成野猫。

阉鸡

“阉——鸡哦！”听到这吆喝声，我的魂（杭州话读作“活”）灵儿都给勾去了，一骑绝尘飞奔而去。不知为什么，阉鸡大叔手腕上都要挂一柄黑布伞，小孩子只要看到有人拿长柄黑伞就要调侃：你去阉鸡啊？阉鸡大叔膝盖并拢，扭扭捏捏地走路，像个女人家，接过外婆递过来的公鸡开始动手术。强壮的公鸡被阉鸡大叔扭捏的膝盖死死夹住一动不动，我伸长脖子还来不及看清楚，手术就结束了。一扔，公鸡——哦——不对，应该叫线鸡了，像做了梦刚醒来，想高高地啼叫一声，却只像它老婆，甚至还不如它老婆。它睁大了眼睛无辜地朝你们看着，搞不明白是怎么了，扑棱两下翅膀疑惑地走了。

POST CARD

"阉鸡哦！"听到这吆喝声，我的魂（杭州话读活）灵儿都给钩去了，一溜烟地飞奔而去。不知为什么，阉鸡大叔都要手腕上挂一柄黑布伞，小孩子只要看到有人拿着柄黑伞就要调侃：你去阉鸡啊？阉鸡大叔膝盖并拢，扭扭捏捏地走路，像个女人家，接过外婆递过来的公鸡开始动手术。强壮的公鸡被阉鸡大叔扭捏的膝盖死死夹住一动不动，我伸长脖子还来不及看清楚，手术就结束了，一扔，公鸡～哦～不对，应该叫线鸡了，像做了梦刚刚醒来，想高高地啼叫一声，却只像它老婆，甚至还不如它老婆，它睁大了眼睛无辜地朝你们看着，搞不明白是怎么了，扑腾两下翅膀疑惑地走了。

修缸补碗

有人说“阉鸡”是现在城里没有了的技术活，消失的岂止这一种，不知是进步了呢还是退步了？

修缸补碗也是灭绝了的工种。老房子都不通自来水的，家家户户备有水缸，去卖自来水的地方挑来倒进去。我自己外婆家门口就放了一只大缸，老妈说这只缸有些年头了，黄釉荷花缸，她小的时候就在用了，那时还没自来水，要么挑井水要么接天落水，接了天落水外婆就拿出块明矾去水里晃几下，杂质都沉下去了。我很奇怪：外婆没文化怎么知道这些的？

缸、碗破了当然不能扔，可以修，像衣服一样缝缝补补又三年。补碗大叔也是蛮吃香的，拥趸多多，一串丁零当啷的铁片在他手中发出固定节奏：ceng ceng que que。杭州人把这个声音称为：挣（杭州话读作 ceng，意为赚钱）挣吃吃，特指普通工薪阶层。

吃香的补碗大叔像拉二胡一样在碗上用心钻洞，在一条裂缝的两边，从嘴里摸出一粒钢钉卡上去，我不明白：他什么时候把钢钉放进嘴里的呀？为啥要放进嘴里呢？口水也能补碗？

补好的样子
锔钉的样子
POST CARD
昨天有人说"阉鸡"是现在城里没有了的技术活，消失的岂止这一种，不知是进步了呢还是退步了？
修缸补碗也是失传了的工种。老房子都不通自来水的，家家户户都有水缸，去卖自来水的地方担来倒进。我外婆家门口就放了一只大缸，老妈说这只缸有些年头了，黄釉荷花缸，她小的时候就在用了。那时还没自来水，要么打井水要么接天落水，接了天落水外婆就拿出明矾放在水里晃几下，杂质都沉下去了。我很奇怪：外婆没文化怎么知道：缸、碗破了当然不能扔，要修，像衣服一样缝缝补补又三年。补碗大叔也是蛮吃香的，用处多多，一串叮铃铃的铁片在他手中发出固定节奏：ceng ceng que que，杭州人把这个声音称为：掙（读 cengo 意为赚钱）掙吃吃，特指普通工薪阶层，

做煤球

杭州人说没事干的人：吃了嘎空煤球去汏汏白。煤球，顾名思义用煤粉做成球状，有些人家或节约或缺钱，去买煤粉来自己做。做煤饼要工具的，我记得是像我画的这样，薛家伯伯家做过。煤粉加水和成泥，铲进圆形的模具里，要多点，用上面的铁板压实，力气不够脚来帮忙踩，最后小心翼翼地把已经成形了但还没干的煤饼晒在太阳底下。太阳下面黑压压的一片，像一个个刚出厂的机器人。做煤球对我很有吸引力。我美其名曰帮忙做煤球，其实想找个新花样玩玩。常规煤球是圆的，我做兔子、鸭子、饺子，做得不亦乐乎。鸭子的脖子真难做，好不容易做了只像鸡的短脖子鸭，一晒又挂了。

杭州人说没事干的人：吃了噶空煤球去汏汏伐！煤球顾名思义用煤粉做成球状，
有些人家或节约、或缺钱，去买煤粉来自己做。做煤饼要工具的，我记得是像这样的。
POST CARD
薛家伯伯家做过。煤粉加水和成泥，铲进圆形的模具里，要多点，用中间的铁柄压实，力气不够脚来帮忙踩，最后小心翼翼地把已经成形了但还没干的煤饼晒在了太阳底下。太阳bu里黑压压的一片，像一个个刚生了的机器人。做煤球！很有吸引力！我羡慕着白日帮忙做煤球，真实想找个新花样玩玩，常规煤球是圆的，我做兔子、鸭子、鸽子，做的不亦乐乎。鸭子的脖子真难做，好不容易做了只像样的长脖鸭，一晒又掉了。

难懂杭州话

老妈是地道杭州人，老爸则出生于张家港市，3 岁跟奶奶、叔叔逃难到了重庆，过了几年爷爷去世，回到金华太外婆家，10 多岁考上了美院附中，开始了独身闯荡杭州的生活，按现在的叫法是新杭州人，地道的杭州话听着还是有点困难。

有天小舅、小姨他们来串门，正逢中午，是老爸雷打不动的午睡时间。一大帮人坐着，于是老爸去了里间我的小床上睡，外间留给了老妈她们聊天。地球人都知道国人的嗓门大，老爸毫无疑问地被吵醒，迷迷糊糊间只听得：扎泡污（杭州话，指拉个大号）来吃吃。一阵热烈的讨论过后，听到又来了一遍。心下直打鼓，在吃什么呀？忍不住好奇，起床去看，原来是：茶泡一壶来吃吃。哈哈。亲们可以试试，杭州话说得快。

晚上老爸告诉我，我笑得倒在床上，乐不可支。

POST CARD

花妈是地道杭州人，花爸则出生于张家港市，3岁到了金华，10岁考上美院附中，开始了独自闯荡杭州的生活，按现在的叫法是新杭州人，地道的杭州话听着有点困难。有天小舅、小姨他们来串门，正逢中午，雷打不动的午睡时间，于是花爸去了我的小床上睡，外间留给了花妈他们聊天。地球人都知道杭州人的嗓门大，花爸毫无疑问地被吵醒，迷迷糊糊间只听得：za泡wu来吃吃！一阵热烈的讨论过后，听到又来了一遍。心下直打鼓，在吃什么呀！忍不住好奇，起床去看，原来是：茶泡一壶来吃吃！哈哈！我们都试试。杭州话说得快！晚上花爸告诉我，我笑得倒在床上，乐不可支！

卖废品

现今讲绿色、环保、垃圾分类等等，殊不知我们小时候比现在环保多了。现在收废品的只收报纸、纸板、甲鱼壳，而那时像牙膏壳儿、肉骨头、玻璃瓶儿这些都是能变现的，甚至于旧衣服也能卖。废品收购站在三桥址，现在大约在西湖银泰这里，整个房间堆得满满当当，一麻袋一麻袋，分门别类，门边放一张桌子一杆称，称盘是一只凹凸不平的铝盆，比乞丐的碗还不如。

卖废品我很乐意，屁颠儿屁颠儿地去了，虽然拿不到所有的钱，但零头还是归我的。收废品的大叔不苟言笑，收进的废品全像投篮一样“嗖，嗖”地投过去，简直就像是篮球队退役的，而且心算绝对好，放下称就报出几角几分，可以跟现在小学生学的珠心算媲美。

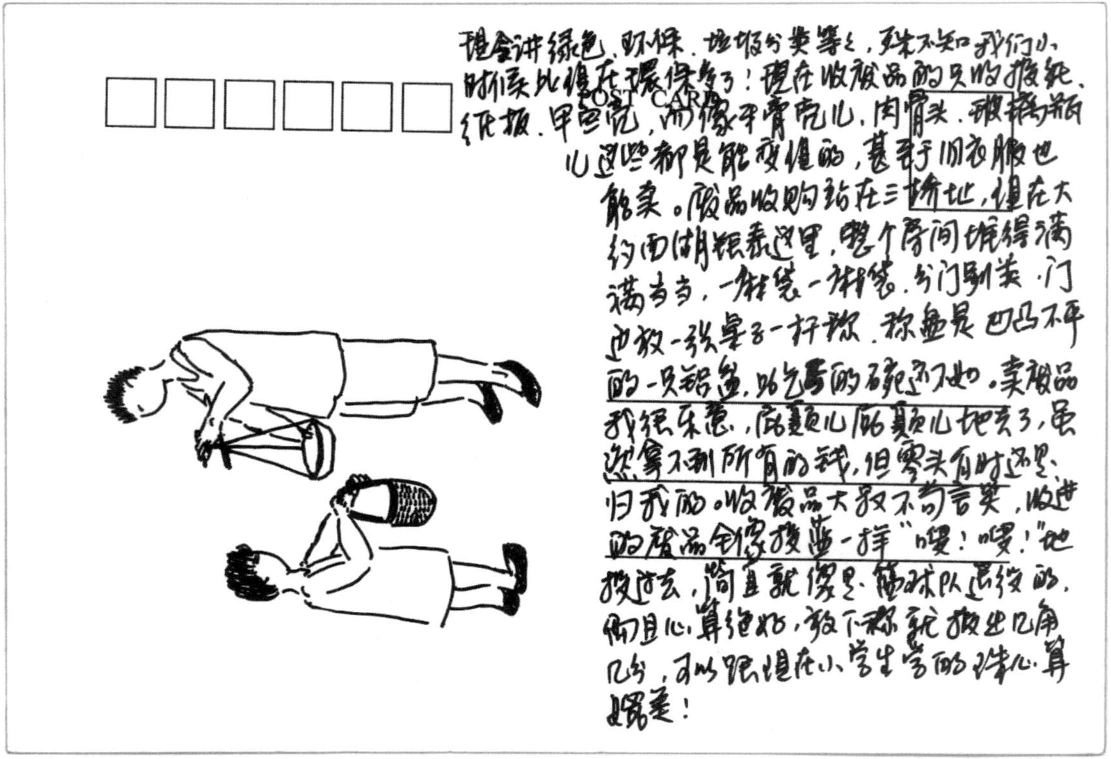
现在会讲绿色、环保、垃圾分类等等，殊不知我们小时候比现在环保多了！现在收废品的只收报纸、纸板、甲鱼壳，而像牙膏壳儿、肉骨头、碎玻璃瓶儿这些都是能变钱的，甚至于旧衣服也能卖。废品收购站在三角地，但在大约西湖旅泰这里，整个房间堆得满满当当，一麻袋一麻袋，分门别类。门边放一张桌子一杆秤，秤盘是凹凸不平的一只铝盆，比乞丐的碗还不如。卖废品我很乐意，屁颠儿屁颠儿地去了，虽然拿不到所有的钱，但零头有时还是归我的。收废品大叔不苟言笑，收进的废品全像扔垃圾一样"嘭！嘭！"地扔过去，简直就像是篮球队退役的。而且心算绝好，放下秤就报出几角几分，对比现在小学生学的珠心算娴熟！

脾气忒大

人们常说老实人要么不发脾气，发起来是吃不消他的。老爸好脾气是出了名的，但为了我两次跟人吵架，是不是不管对错，天性见不得自己的犊子受委屈？

老爸在美院的“水印工厂”上班，可能没人知道“水印工厂”是干啥的吧？就是现在申遗成功的木版水印，一直以来就有“北荣南朵”——北京的荣宝斋上海的朵云轩——的说法。而当时的浙江美术学院凭借自己雄厚的实力，成立了水印工厂，推动木版水印的发展，达到了自明末胡正言创立“十竹斋”以来的最高水平，老爸他们这一代人为木版水印做出的贡献可以用“卓越”二字来形容。扯得有点远了。工厂是一座尖顶房子，中间两个大间分别是印刷和装裱用的，左右两个小间是雕版室和办公室（财务室也在一起）面对面，老爸就在左边的雕版室。话说有一天我去对面要玩钱会计的算盘，哪知她不肯，她是上海人，不记得她说了一句什么，我跑回去学给老爸听，老爸听了就冲过去了，好像还摔了她的算盘。从此，我的记忆中小气是上海人的代名词。钱会计现在住在竹竿巷，不知耳朵有没烫起来？

还有一次是我采了一朵工厂门口自己种的绣球花，好喜欢，想带回家。那时晚饭也在美院食堂吃，吃了晚饭蹬上脚踏车，花插在把手上，准备回家，到了大门口传达室被拦下了，说不能把花带出去。得，跟门卫大吵一顿。哎，胳膊扭不过大腿，最后花还是没带回家。

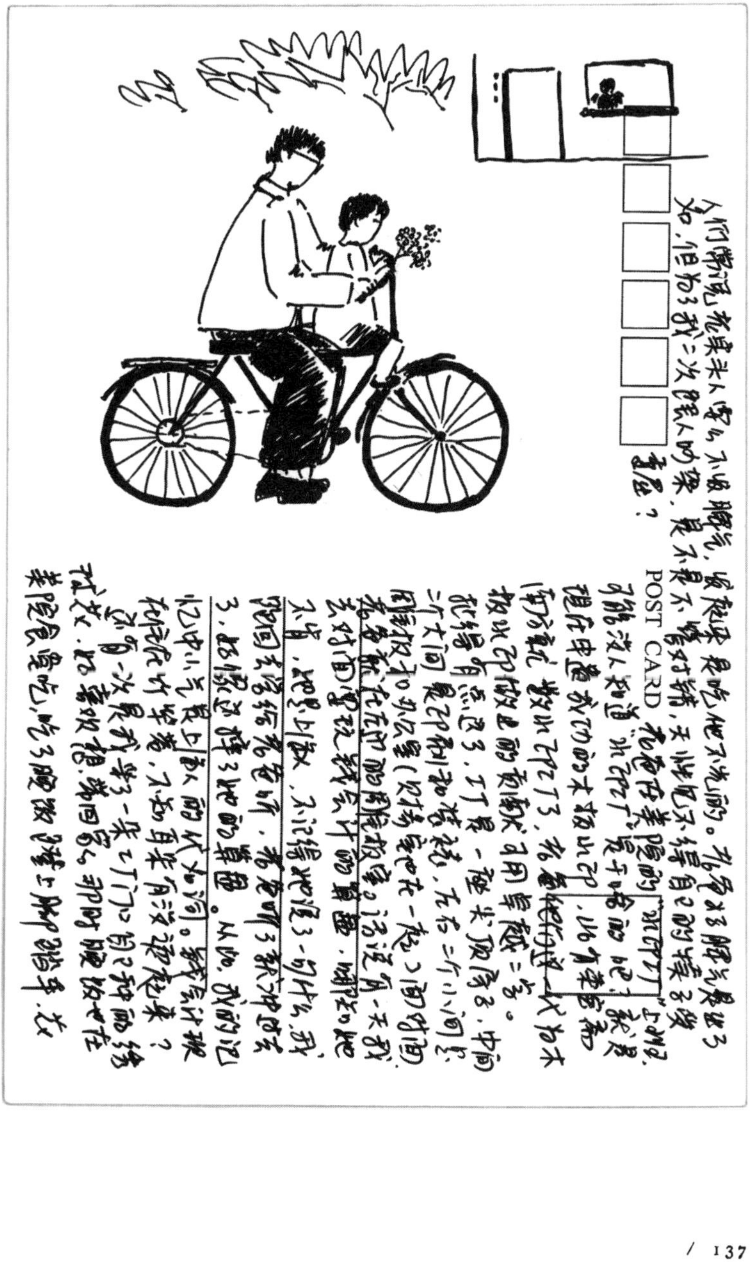
人们常说龙头人多么不好脾气，发起来是吃他不光的。我爸的脾气是出了名，但为了我二次跟人吵架，是不是不管对错，天性也不得自己的孩子受委屈？
POST CARD
我爸在美院的"小印厂"上班，可能没人知道"小印厂"是干啥的吧？就是现在中国我们的木板水印，比如荣宝斋南方就数小印厂了，我爸他们这一代为木板水印做出的贡献可用卓越二字。
扯得有点远了，工厂是一座尖顶房子，中间一个大间是印刷和装裱，左右二个小间是雕版和办公室（只档案也在一起）面对面我爸就在左边的雕版室。话说有一天我去对面里玩钱会计的算盘，哪知她不肯，她骂了我，不记得她说了一句什么，我跑回去学给我爸听，我爸听了就冲过去了，好像还摔了她的算盘。从此，我的记忆中小气是上海人的代名词。钱会计现在住在竹竿巷，不知耳朵有没有竖起来？
还有一次是我采了一朵工厂门口自己种的绣球花，好喜欢想带回家。那时晚饭也在美院食堂吃，吃了晚饭跨上脚踏车，花

打冰水

看到图上这场面一定以为在老虎灶打开水吧？错！允许再猜三下。猜不到吧？哈哈！公布答案：打冰水。

没有冰箱的年代，靠什么消暑呢？办法多多。西瓜啦，菜瓜啦，洗干净，早早地拿网兜装了，浸入井里，等到晚上捞起来，那滋味……等到似火的骄阳慢慢落下，厨房里飘出烧卤鸭的香味，再打几桶井水洒在院子里降温，顺便也擦一下竹榻儿。搬出小方桌，摆上碗筷菜蔬，打发小鬼去拎两瓶啤酒来……嗯？等等，啤酒不冰的，好像有点不爽。有办法，加冰水。1毛钱一热水瓶。生意不要太好！

POST CARD
看到这场面一定以为在老虎灶打开水吧？错！允许再猜三下！猜不到吧！
哈哈！开布答案：打冰水！
没有冰箱的年代，靠什么消暑呢？办法多多！西瓜啤酒、菜瓜洗干净，早早地用网兜装了，浸入井里，等到晚上捞起来，那滋味……；等到似火的骄阳慢慢落下，厨房里飘出烧圆鸭儿的香味，再打几桶井水洒在院子里降温，顺便也擦一下竹榻儿；搬出小方桌，摆上碗筷菜肴，打发小孩去拎二瓶啤酒来……嗯？等等，啤酒不冰的，好像有点不爽！有办法，加冰水！1毛钱一热水瓶！生意不要太好！

淇淋果露

亲们，还记得西湖电影院对面的“淇淋果露”吗？那时去冷饮室吃一份“淇淋果露”是了不得的奢侈，就像现在小姑娘盼望拥有香奈儿包包一样。冷饮室的招牌装饰着红红绿绿的霓虹灯，店堂内的灯光白得发青，使得卖票阿姨、挖冰淇淋阿姨的脸色看起来不健康，不管啦！关心的是挖冰淇淋阿姨会不会给我挖一个大一点的呢？心心念念地想着，一只盛着绿色儿的果汁露的玻璃高脚大杯，上面浮着一颗冰淇淋端来了。现在想想那可疑的绿色大概是加了色素了，冰淇淋也只有一个奶油味和一个巧克力味，但真的觉得像过年一样高兴，怎么现在这感觉找不到了呢？什么时候丢了？

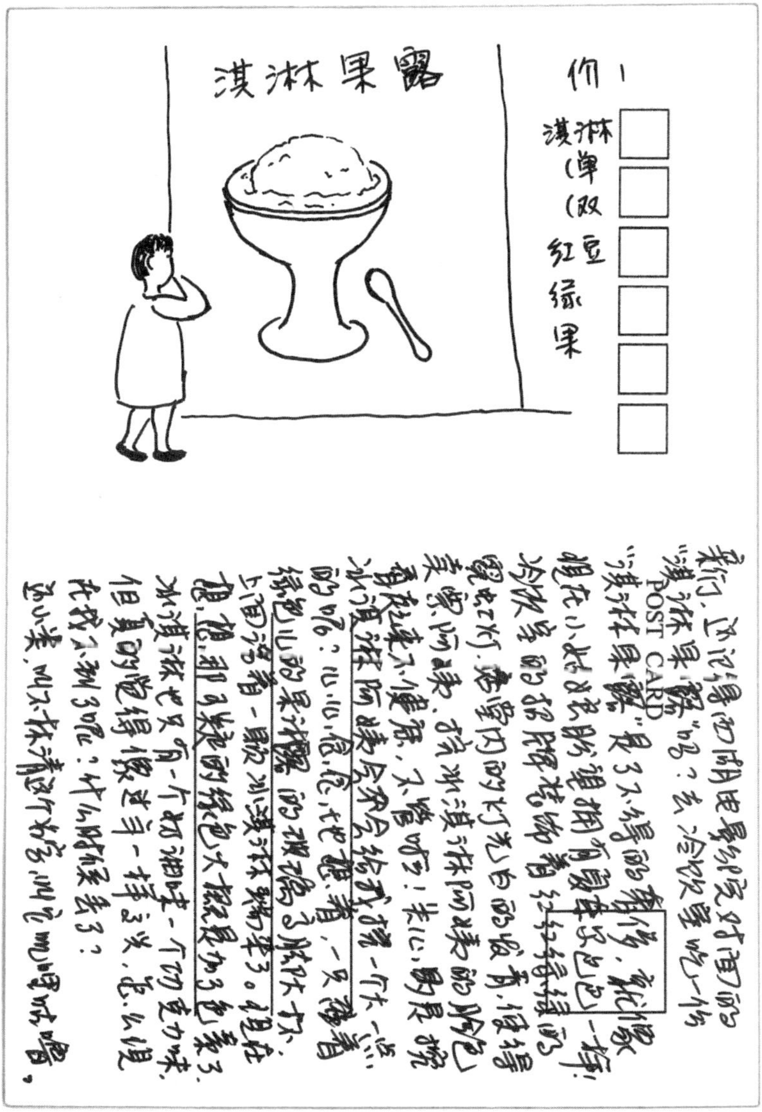
淇淋果露
你！
淇淋
(单
(双
红豆
绿
果
POST CARD
亲们，还记得西湖电影院对面的
"淇淋果露"吗？去冷饮室吃一份
"淇淋果露"是了不得的奢侈，就像
现在小姑娘盼望拥有夏奈尔包包一样！
冷饮室的招牌装饰着红红绿绿的
霓虹灯，店堂内的灯光白的发青，使得
卖票阿姨、挖冰淇淋阿姨的脸色
看起来不健康，不管啦！关心的是挖
冰淇淋阿姨会不会给我挖一个大一点
的呢？心心念念地想着，一只落着
绿色儿的果汁露的玻璃高脚大杯，
上面溶着一颗冰淇淋端来了。现在
想想，那可疑的绿色大概是加了色素了。
冰淇淋也只有一个奶油味一个巧克力味，
但真的觉得像过年一样高兴，怎么现
在找不到了呢？什么时候丢了？

赤豆棒冰

昨天的“淇淋果露”引起了一场不小的轰动，亲们好好地回忆了一把，关于冷饮的级别还有个普通版的——棒冰。装了棒冰的木箱子被一床厚厚的小棉被捂得严严实实的，搁在一只X型的架子上，卖棒冰的手拿木板，“啪嗒，啪嗒”地敲，嘴里喊：“白糖——棒冰！”过一会儿又喊：“赤豆——棒冰！奶油——棒冰！”这声音就像钓鱼钩上的蚯蚓吸引鱼儿一样引诱着你。好不容易征得大人同意，从自己的储蓄盒——一只装羽毛球的小圆桶里取了钱飞奔而去，还往往是最低级别的白糖棒冰的份。要是上升一个档次，那得好好挑一下喔。这根剥开，不要。再剥一根，还是不要。搞得大婶要不卖给你了才选定。难得运气好，挑到一根一大半都是赤豆的，可高兴坏了。觉得做棒冰的人一定是打了个瞌睡，多放了嘎许多。有次实在馋牢，熬不住，偷偷拿了钱买了5分钱的奶油棒冰吃，被老爸发现挨了打，到现在还没想明白：是怎么给老爸发现的？

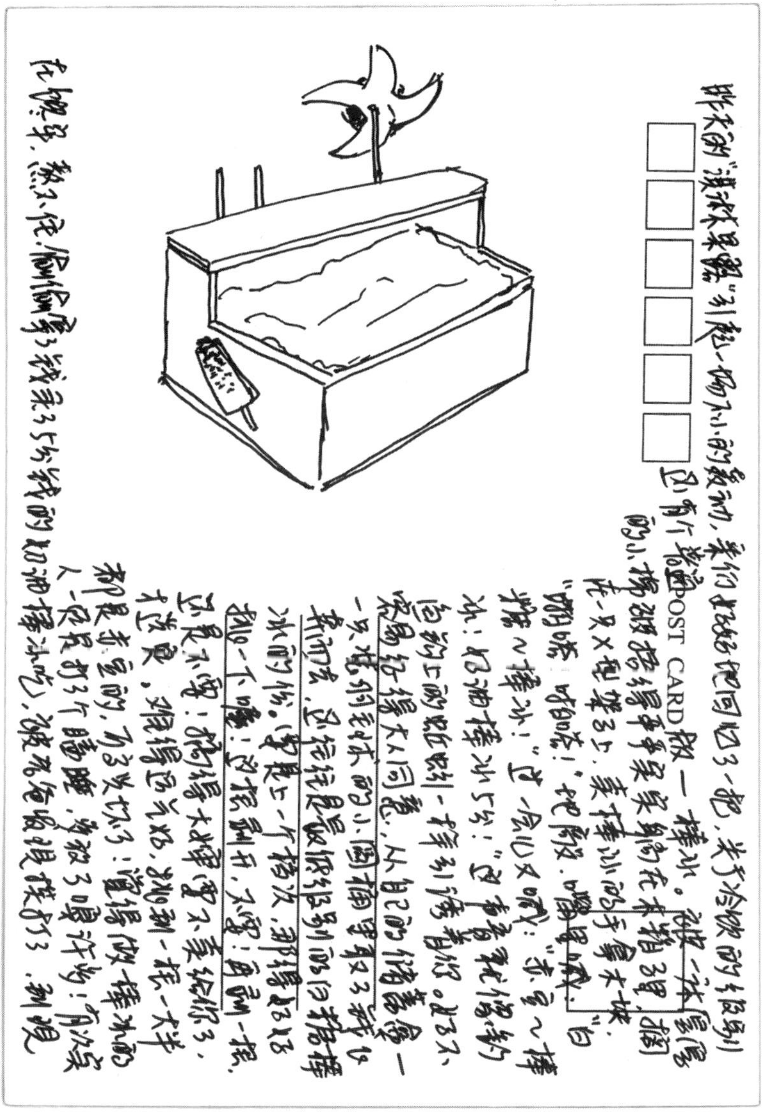
昨天的"馋冰果露"引起一场不小的轰动，我们好好地回忆了一把，关于冷饮的级别
还有个普通 POST CARD 版——棒冰。记得一条条厚厚
的小棉被捂得严严实实躺在木箱里，搁
在一只X型架子上，卖棒冰的手拿木块，
"啪嗒 啪嗒！"地敲，嘴里喊："白
糖～棒冰！"过一会儿又喊："赤豆～棒
冰！奶油棒冰5分！"这声音就像钓
鱼钩上的蚯蚓一样引诱着你。好不
容易征得大人同意，从自己的储蓄罐——
一只塑料的小圆桶里取了钱飞
奔而去，这往往是最低级别的白糖棒
冰的份。要是上一个档次，那得好好
挑一下喽！这根剥开，不要！再剥一根，
还是不要！搞得大婶要不卖给你了，
才消停，难得运气好，挑到一根一大半
都是赤豆的，开心死了！觉得做棒冰的
人一定是打了个瞌睡，多放了许多！有次实
在馋死，熬不住，偷偷拿了钱买了5分钱的奶油棒冰吃，被爸爸发现揍打了，到现

蚂蚁搬家

看蚂蚁搬家可能是全世界的小孩都做过的事，应该能申报个吉尼斯世界纪录。院子里蚂蚁很多，每只都显出一副急急忙忙的样子，在巢穴口窜进窜出，就像都市白领在上班的大厦门口一样。蚁找到食物为了供养蚁后，人奔波忙碌也为了一口饭吃，为了供养家庭。“蚁族”二字真的很贴切。

一粒饭、一根鱼骨头都是它们的美味珍馐，我很奇怪：骨头这么硬有啥好吃的?

科学家研究发现：一只蚂蚁可以举起自身体重的400倍的东西，还能拖超过自身体重1700倍的物体。所以一粒饭一只蚂蚁可以轻而易举地搬回家，运鱼骨头的场面就大了，成团的蚂蚁围在一起，几只大头蚂蚁像领导，在旁边指挥。

喂，喂，后面的这个你不用力！我把它捏起扔进蚂蚁堆里。我还喜欢把蚂蚁困在水圈里，看它乱撞。老妈同事的儿子有次放学看得入迷，一路走一路看，最后在蚂蚁窝前蹲着看，直到天黑他妈过来找。

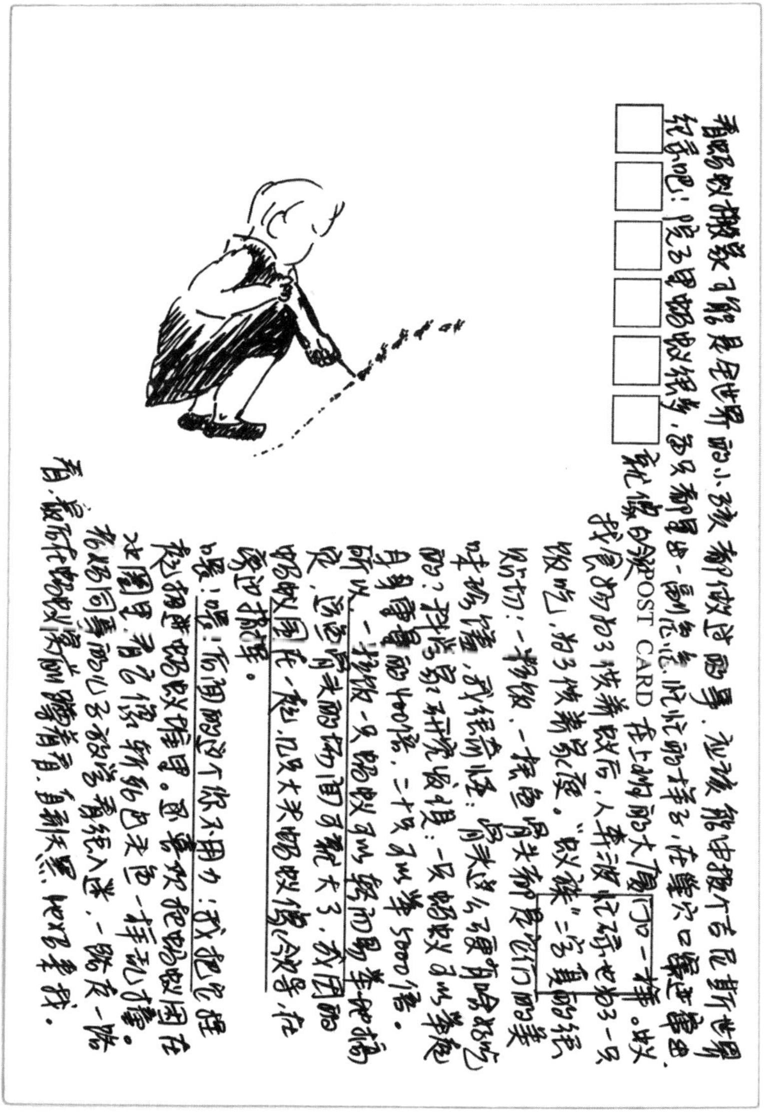
看蚂蚁搬家可能是全世界的小孩都做过的事，应该能申报个吉尼斯世界纪录吧！院子里蚂蚁很多，每只都是一副急急忙忙的样子，在巢穴口窜进窜出，就像白领在上班的大厦门口一样。蚂蚁找食物为了供养蚁后，人类被忙碌也为了一口饭吃，为了供养家庭。"蚁族"二字真的很贴切：一粒饭、一根鱼骨头都是它们的美味珍馐，我很奇怪：骨头这么硬有啥好吃的？科学家研究发现：一只蚂蚁可以举起自身重量的400倍，二十只可以举5000倍。所以，一粒饭一只蚂蚁可以轻而易举地搞定，这鱼骨头的场面可就大了，我周围的蚂蚁围在一起，几只大头蚂蚁像领导，在旁边指挥。
喂！喂！后面的这个你不用力！我把它捏起扔进蚂蚁堆里。还喜欢把蚂蚁困在水圈里，看它像斩头苍蝇一样乱撞。
在妈同事的儿子放学看得入迷，一路走一路看，最后在蚂蚁窝前蹲着看，直到天黑，他妈来找。
POST CARD

买米

我小时候真的以为米就是从米店二楼里来的。经常跟着小姨去买米，四方漏斗型的木质管道从二楼一直通下来，从我的角度看上去真是个庞然大物。中间有个手掣，可以控制下了多少米，米们一路欢畅而下，小姨说整个二楼全装了米，我真怕这个手掣关不住，米都跑出来把我压死。

买米要凭粮票，这一张张细细长长的、轻轻薄薄的花纸维系着你的生命，好脆弱，好无奈。米不够吃，只能六谷糊凑数，杭州人对玉米糊的叫法不可理喻，明明只有一种，偏要说六种，现在把六谷糊当作健康食品抢着吃了。

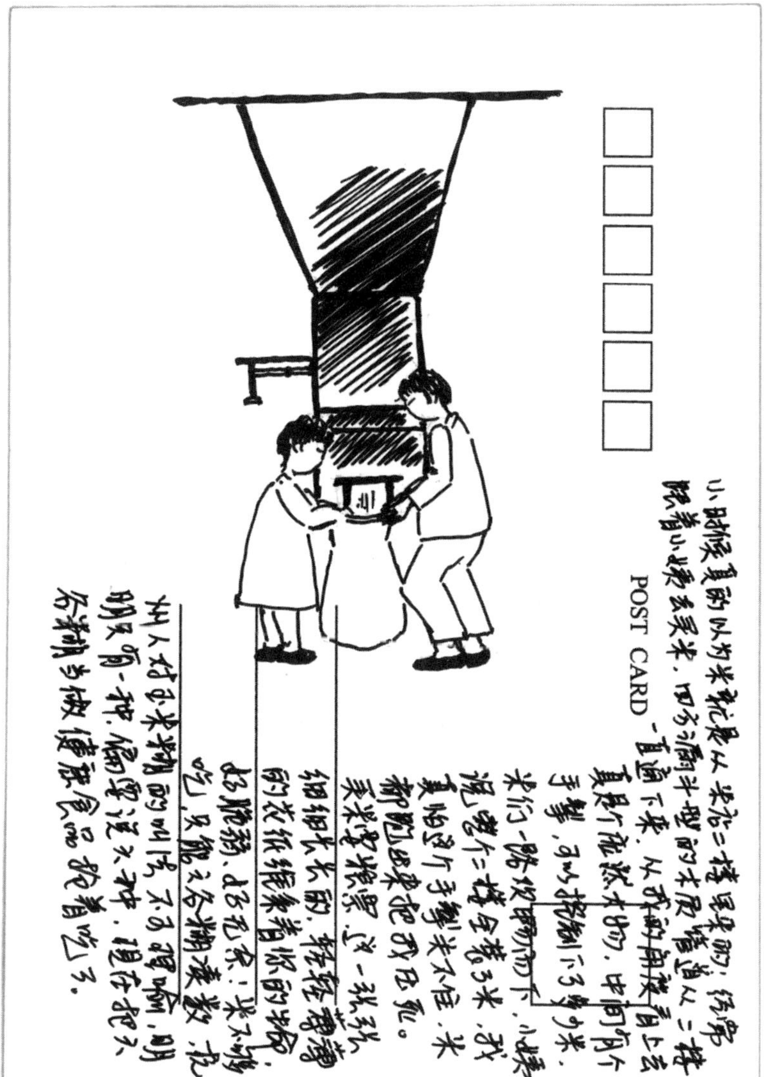
POST CARD
小时候真的以为米就是从米店二楼里来的，经常跟着小姨去买米，四方漏斗型的木质管道从二楼一直通下来，从我的角度看上去真是个庞然大物，中间有个手掣，可以控制下多少米，米们一路欢畅而下，小姨说整个二楼全装了米，我真怕这个手掣关不住，米都跑出来把我压死。
买米要粮票，这一张张细细长长的，轻轻薄薄的花纸维系着你的生命，好脆弱、好无奈！米不够吃，只能买六谷糊凑数，杭州人对玉米糊的叫法不可理喻，明明只有一种，偏要说六种，现在把六谷糊当做健康食品抢着吃了。

杭州话考试

今日大暑，热得想躲进冰箱里再吃个冰西瓜。来个杭州话六级考试："热（杭州话读作 nie）死啦——火热。"解释一：你热死了啊？头上嘎烫。解释二：格只虫儿已经热死得。解释三：格锅饭还呼呼泡滴。解释四：泥叟——火热的——杭州人应该晓得泥叟是什么吧？

小贩在吆喝"泥叟——火热——"，传到老爸这里，又迷糊了：热就热呗，干吗还一路叫过去？

那是蝉鸣的日子，老爸在西湖边六公园附近，看见一个小贩吃力地背着一个沉甸甸的大蒲包，上面用小棉被掩得严严实实，小贩穿着件褂子热得满脸通红，嘴里叫着"泥叟——火热——"，遇到一人就喊，遇到一人就喊，那时候路上的行人还没有像现在那么多。老爸好奇，跟着他，想看看他到底在干什么。总算有一人拦下了他，小贩放下蒲包在里面掏，老爸连忙凑上去看，掏出来的是烧熟的热的玉米，原来杭州人把玉米叫成"泥叟"。

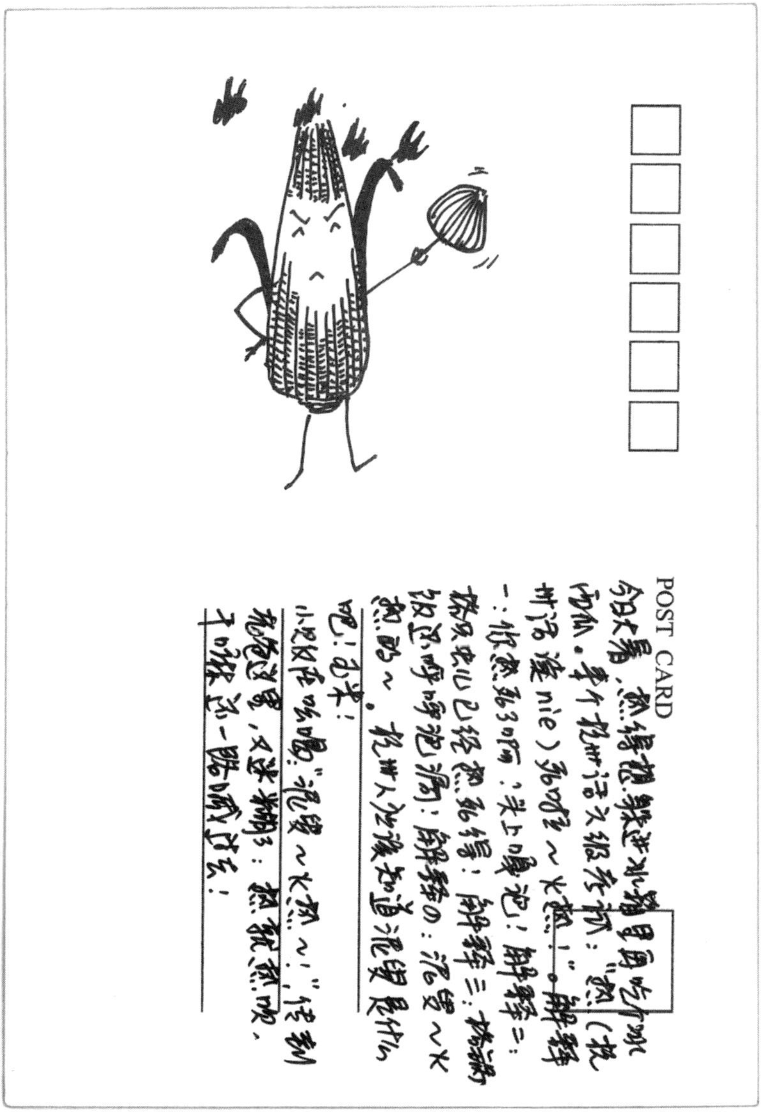
POST CARD
今日大暑，热得想躲进冰箱里面吃个冰西瓜。来个杭州话六级考试：“热（杭州话读nie）死哇～火热！”。解释一：你热死了啊？头上冒泡！解释二：格只虫儿已经热死得！解释三：格锅饭还呼呼泡滚！解释四：泥贸～火热的～。杭州人也该知道泥贸是什么吧！玉米！
小伢儿在吆喝：“泥贸～火热～！”，传到老爸这里，又迷糊了：热就热呗，干吗样还一路喊过去！

做甜酒酿

前几天去超市，看到甜酒酿，突然很想吃，买了，尝了，寡淡无比，不是说不甜，而是少了一味醇厚，可能又是一种快熟食物，于是想起了小时候老妈自己酿的。

套用“舌尖体”应该是这样的：越是弥足珍贵的美味，外表看上去往往越是平常无奇，辛苦劳作给全身心带来的幸福从来也是如此。拌了酒曲的糯米饭装在瓦钵里，用手指头在糯米饭中间戳个洞，糯米饭的发酵从来都是很关键的一步，酒曲只是一个催化剂，是整个酿造过程中活动最旺盛的部分，还需要合适的温度。聪明的老爸用的方法很简单，扒开柜子里的棉被，把瓦钵塞进去，这样的方式是就地利用自然，剩下的就是等待了。糯米饭在慢慢地发生变化，带着酒香的汁水一点一点洇出来。过了一两天，开钵的日子到了。浓厚的、香甜的酒味装满了整个屋子。小张张吃得已然有些醉了。

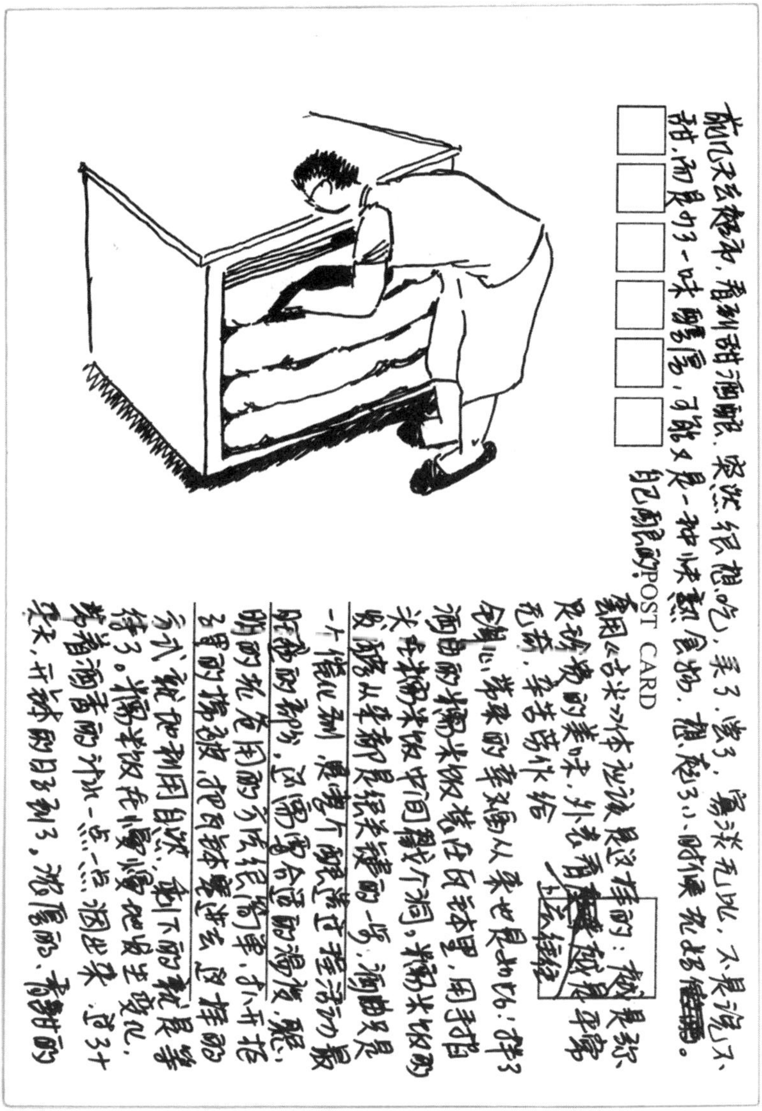
前几天去超市，看到甜酒酿，突然很想吃，买了，尝了，寡淡无比，不是说不
甜，而是少了一味醇厚，可能又是一种快熟食物，想起了小时候老妈
自己酿的。
POST CARD
套用《古米》体应该是这样的：越是弥
足珍贵的美味，外表看上去往往越是平常
无奇，辛苦劳作给
全身心带来的幸福从来也是如此！拌了
酒曲的糯米饭装在瓦钵里，用手指
头在糯米饭中间戳个洞，糯米饭的
发酵从来都是很关键的一步，酒曲只是
一个催化剂，是整个酿造过程活动最
旺盛的部分，还需要合适的温度，聪
明的老爸用的方法很简单，打开柜
子里的棉被，把瓦钵塞进去，这样的
方式就地利用自然，剩下的就是等
待了。糯米饭在慢慢地发生变化，
带着酒香的汁水一点一点渗出来，过了十
来天，开钵的日子到了，浓厚的、香甜的

回乡之“私家车”

奶奶与叔叔住在金华孝顺黎里某一个村里。我长这么大只去过一次，是过年坐火车去的。后来老妈说为了省钱买的票是半夜开的，3 块 3 一张票，到金华是早上，而且是铁闷罐子车，而且……而且……以前是运猪车，怪不得还有股子味。

叔叔开一辆“私家车”来接我们，不是小汽车也不是脚踏车，而是独轮车。啊，多新鲜啊！从来没见到过的，现在更是无从寻找了。我立马跳上“专车”，有点欢呼雀跃的样子。叔叔是个好“司机”，三两下把行李包裹一拢，大步流星地“开车”上路了。开始在大马路上“开”，还算平稳，进了犄角旮旯的土路就尝到味道了，“私家车”一下冲到东一下冲到西，咯到土块再颠一下，把我摇得像拨浪鼓一样，跟那几件行李碰来碰去。

回乡之奶奶家

奶奶和叔叔已经分家，一间房一人住一半，中间用泥墙隔开，后来听说奶奶住的这一半应该是归老爸的。房子是直筒筒的一间，除了床、炉灶、碗筷，其他也没什么家具，嗖嗖的风像一支支冰箭从房顶上的缝往里射。叫我惊奇的是床上垫的不是棉被，居然是稻草，稻草上铺的还是草席！床也像是北方的炕，上面放着一张小桌，我心里在打鼓：这怎么睡啊？后来好像是和衣睡的，不太记得了。

第二个惊奇是：炉灶边居然卧着一只羊！它大概也怕冷，乖乖的偎着，偶尔嗲嗲地叫一声“咩——”，我喜欢。逗了它好长时间。第三个惊奇是没电灯，用油灯，新鲜！冬天的夜早早降临，奶奶点上了油灯，如豆的火光照不了小桌以外的地方，每个人都黑幽幽的如鬼魅。叔叔的大儿子——我堂哥拿了书来给我看，我看不清，越凑越近，越凑越近，“哧啦”一声，所有人都被吓了一跳，我的头发、帽子被火舔焦了。

美兰姨娘

搞“四清”的时候，老爸带我去了桐庐分水。一起去了好几个人，好像住在一个老乡家里，住了有好长时间，老爸他们经常开会，我无聊至极。还好有个美兰姨娘，忘了是不是我们住的这户老乡的女儿。她非常能干，本分，就是牙齿长得不好看，参差不齐的。她喜欢我，会做番薯干给我吃。回杭州后，她还每年过年来看我们，每次来都不是空手来的，有时是她给我缉的鞋底，有时是番薯干。番薯干装在一只铁皮饼干箱里，满满一桶的带来，总不好意思空着还给人家，还是老爸聪明，想了个办法：买了五个肉馒头装进去。有时她要住一晚再回去，临走前总是叫我到她家去玩。

后来我问老妈为啥她专门来我家，原来老妈曾经想把小舅介绍给她，不想小舅看不上人家，嫌她是农村人。那时光是这样的，是时代的烙印，看不起农村人就像上海人看不起除上海人以外的所有人一样。也是两人没缘分，要是放在现在，肯定要死要活地去了，估计倒插门也愿意。过了几年，看看嫁小舅无望，她也死心了，同了一个小伙子一起来过后，从此再也没有来过了，直到现在都没见到过。

搞"四清"时候，我爸带我去了桐庐分水，一起去了好几个人，好像住在一个农乡
家里，住了有好长时间，我爸他们经常开会，我无聊死了，还好有个美兰ni娘，
忘了是不是
POST CARD
我们住的这户农家的女儿，
她非常能干，本分，就是牙齿长得不
好看，像深四齿的牙齿，喜欢我，
做番薯干给我吃。回杭州后，
她还每年过年来看我们，每次来
都不是空手来的，有时是给我
家的鞋底，有时是番薯干，有
时是她哥养蜜蜂采的蜂蜜。
番薯干装在一只铁皮饼干箱里，
满满一桶的带来，总不好意思，
空空的让人家，还是我爸聪明
想了个办法：买了五个肉馒头装
进。有时要住一晚再回去，临走时
总是叫我到她家"ki xi"。后
来我问我妈为啥她老门来家？
原来我妈曾经想，把小舅介绍给她，不想小舅看不上人家，嫌她是农村人。那
时光是这样的，是时代的烙印，看不起农村人就像上海人看不起除上海人以外

小表弟

当年知识青年响应号召“上山下乡”，小姨也是其中一份子，插队落户到了九堡，还算离家近的，后来以为回城无望就嫁给了当地人，生了两个儿子云和土。两个儿子还小，上面又有婆婆要照顾，小姨忙不过来，虽然近但也不大回杭州。直到土四五岁了，才在过年的时候回来，回到岳家湾，虽然外婆不在了，但总还算是她的娘家，那天大家都聚过来了。

云和土相差两岁，脾气截然不同。土从进门到回去就没开口过，我们几个表姐妹直接认为他是哑巴，他一头钻进灶间烧火去了，再也没挪动一步，像一头小犟驴粘在凳子上，任谁来叫、来拖都不离开，小姨来也没用，只能随他了。

他哥云倒是还随和，总算肯和我们坐一起，但到底还是插不上话，神情比较落寞。我们正说到一件玩具还是一个吃食，不太记得了，他突然蹦出一句“伢九堡泥扭勾”（意思是，我们九堡没有的），把我们吓了一大跳，一瞬间无比寂静，继而大家狂笑。从此，这句话就是他的代号了。

云、土，你们还记得吗？

第一封信

收到人生第一封信。老爸去山东出差，爬上了泰山，准备第二天早上看日出。下山后给我写了信，详细地描述了日出的全过程，还画了太阳将要跳出来的形状，不是半圆形的，而是像希腊字母欧米伽。邮递员说有我的信，我真是好惊奇。谁会给我写信啊？那个激动啊！一连看了好几遍，藏到了枕头下。这封信一直被我珍藏着，可惜后来搬家不知去哪儿了。

表哥、表妹去美国后也给我写来信，信里还夹了一美元，让我第一次见到美帝国主义的钱，我还藏着呢。

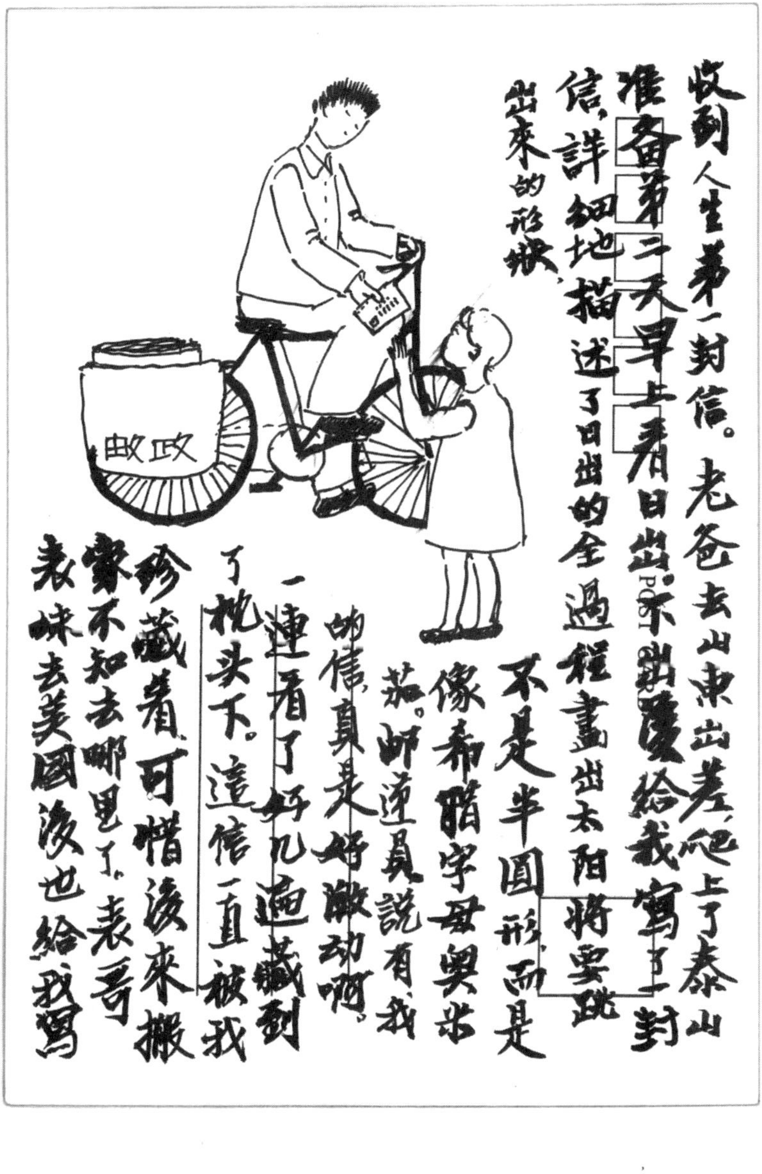
收到人生第一封信。老爸去山東出差，爬上了泰山
准备第二天早上看日出，下山後給我寫了一封
信，詳細地描述了日出的全過程，畫出太阳將要跳
出來的形狀，
不是半圓形，而是
像希腊字母奥米
茄。郵递員說有我
的信，真是好激动啊，
一連看了好几遍，藏到
了枕头下。這信一直被我
珍藏着，可惜後來搬
家不知去哪里了。表哥
表妹去美國後也給我寫

讲故事

为了补贴家用，老爸揽了一活儿，刻一块匾，背回来一大块木板，天天晚上吃好饭就开工。这么一大块背进来，本来就小的房间里转个身都困难了，我只有老老实实地在旁边坐着，以免走来走去碰到。还好老爸讲故事，记得有一天是讲了个动画片，日本的，《龙子太郎》。“哼！有动画片都不带我去看！”心里气呼呼的，气归气，听当然还是要听的。渐渐地，被故事吸引了。讲的是太郎找妈妈的故事，其他情节都不太记得，忘不了的是龙妈妈最后撞巨石死了，太郎抱着妈妈哭，好可怜。差一点我也要哭了。忽然，龙妈妈身上的鳞片掉了，妈妈变回人形活了，我的心才放下。记得这么牢，归功于老爸讲故事的高水平，他讲得可没有像我这么干巴巴的，我怎么就没得点儿遗传呢？我曾经讲过一个故事，故事的开头是这样的：爸爸，你听牢噢，不晓得啥个时光噢，一个不晓得是啥个人来东一个不晓得是啥个地方……一句永流传。

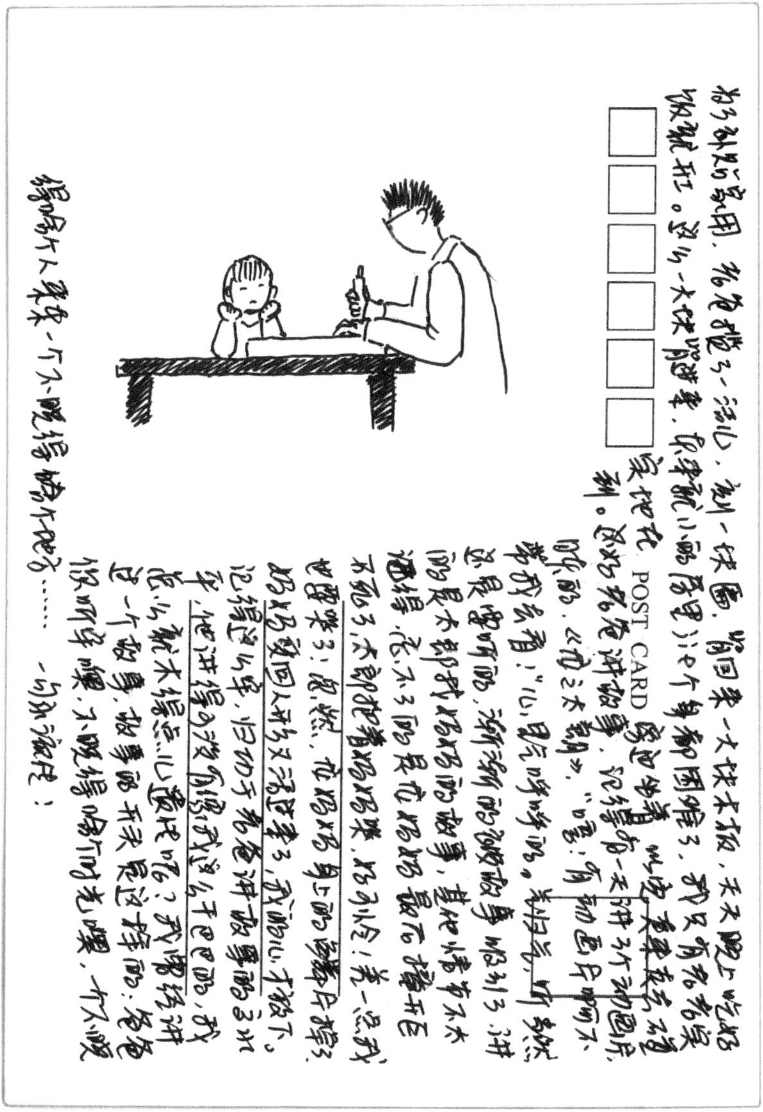

POST CARD

为了补贴家用，老爸揽了一活儿，刻一块匾。背回来一大块木板，天天晚上吃好饭就开工。这么一大块背进来，本来就小的房里边个身都困难了。我只有老老实实地在旁边坐着，以免惹来东西碰到。这时老爸讲故事，记得有一天讲了个动画片，叫做《龙之太郎》。"嘿！有动画片啊不带我去看！"心里气呼呼的。气归气，听当然还是要听的，渐渐的被故事吸引了。讲的是太郎找妈妈的故事，其他情节不太记得，忘不了的是龙妈妈最后撞开巨石死了，太郎抱着妈妈哭，好可怜！差一点我也要哭了！忽然，龙妈妈身上的鳞片掉了，妈妈变回人形又活过来了，我的心才放下。记得这么牢，归功于老爸讲故事的水平，他讲得可没有像我这么干巴巴的，我怎么就不得点儿遗传呢？我曾经讲过一个故事，故事的开头是这样的：爸爸你听好噢，不晓得啥个时光噢，一个不晓得啥个人来来一个不晓得啥个地方……一句永流传！

肥肉还是虾仁？

小姨结婚是大姨操办的，长女为母，酒席摆在了庆春路上的一家餐馆里，我和老妈去参加了。那时候的酒席不像现在海鲜当道，而讲究的是大鱼大肉，甲鱼蹄髈，这样才能给干瘦的肠胃滋润滋润。菜一道道地端上来了，我放开了肚皮吃。嗯？这是什么呀？一个个白白的，圆圆的，有点透明，肥肉？不会吧，虽然平时没得什么肉吃，也用不着上一盘肥肉吧。看看一桌子都坐着不认识的人，不好意思问，老妈也不知道在忙什么，算了，还是吃蹄髈。看见人家一勺一勺地大口吃进嘴里，不由感觉我的嗓子眼堵牢了，肥肉我可是不吃的。不一会儿，这盘菜被吃得个精光。好可怜，他们是已经多久没吃过肉了呀。回家后，我跟老妈说了这道奇怪的菜，老妈说："没有肥肉啊。"叫我说说看那菜的样子，她恍然大悟："那是龙井虾仁。"啊……我可后了老悔了，可惜啊可惜……我还可怜人家，殊不知人家在笑我"阿木林"。

再说一个我毛毛头时光的轶事，是老伯伯的女儿巧巧姨娘说的。

小姨结婚是大姨操办的，长女为母。酒席摆在了永春路上的一家餐馆里，我和老妈去参加了。那时候的酒席不像现在是海鲜当道，讲究的是大鱼大肉，甲鱼蹄膀，

POST CARD

这样才能给干瘪的肠胃滋润滋润。菜一道道地端上来了，我敞开了肚皮吃，嗯？这是什么呀？一个个白白的圆圈的，有点透明？没见到过，肥肉？不会吧，虽然平时没得什么肉吃，也不至于上一盘肥肉吧！看看一桌子都坐着不认识的人，不好意思问，老妈也不知道在忙啥，算了，还是吃蹄膀！看见人家一勺勺地大口吃进嘴里，不由地感觉我的嗓子眼也痒痒了，肥肉我可是不吃的！不一会儿，这盘菜就被抢得个精光。好可怜，他们是多久没吃过肉了呀！回家后，我跟老妈说了这道奇怪的菜，老妈说没肥肉呀！叫我说说样子，恍然大悟：那是龙井虾仁！啊~~我可后了老悔了，可惜啊可惜！我可怜人家，殊不知人家在笑我阿木林。再说一个我毛毛头时光的轶事，是老伯伯的女儿巧巧嬢嬢说的：大概8、9

大概八九个月大的时候，老爸喂我吃面，“你们快来看，看我们越越吃面呢！”巧巧姨娘他们都围过来。“你们看牢噢。”老爸挑了一根面，一头放进我嘴里，“嗞——”一声吸进嘴里，“吧嗒”，张嘴，面条不见了，根本不用嚼，直接进肚。“呦，发魇的发魇的。再来一次再来一次。”童鞋们有没有这个本事，可以明天试试。

玩具

昨天朋友圈里有朋友发上来照片，她女儿的绒毛玩具坐满了整张沙发，真是幸福的娃。小时候没啥玩具，既没 iPad 也没芭比，连一个像样的洋娃娃都没有。我的看上去破破烂烂的玩具都装在柳条筐里，一只铁皮灯是我的掌中宝，像《红灯记》里的那只灯，塞进一块红布冒充灯光，和小红二人轮流，一个演铁梅一个扮奶奶。

美院里面有个池塘，落叶朽木都浸在水里，似乎没人管，水已经黑乎乎了。有天发现了新大陆，成千上万的蝌蚪在摇尾巴，可把我高兴坏了。第二天就带着瓶子去捉，心想着能不能变个青蛙王子出来？

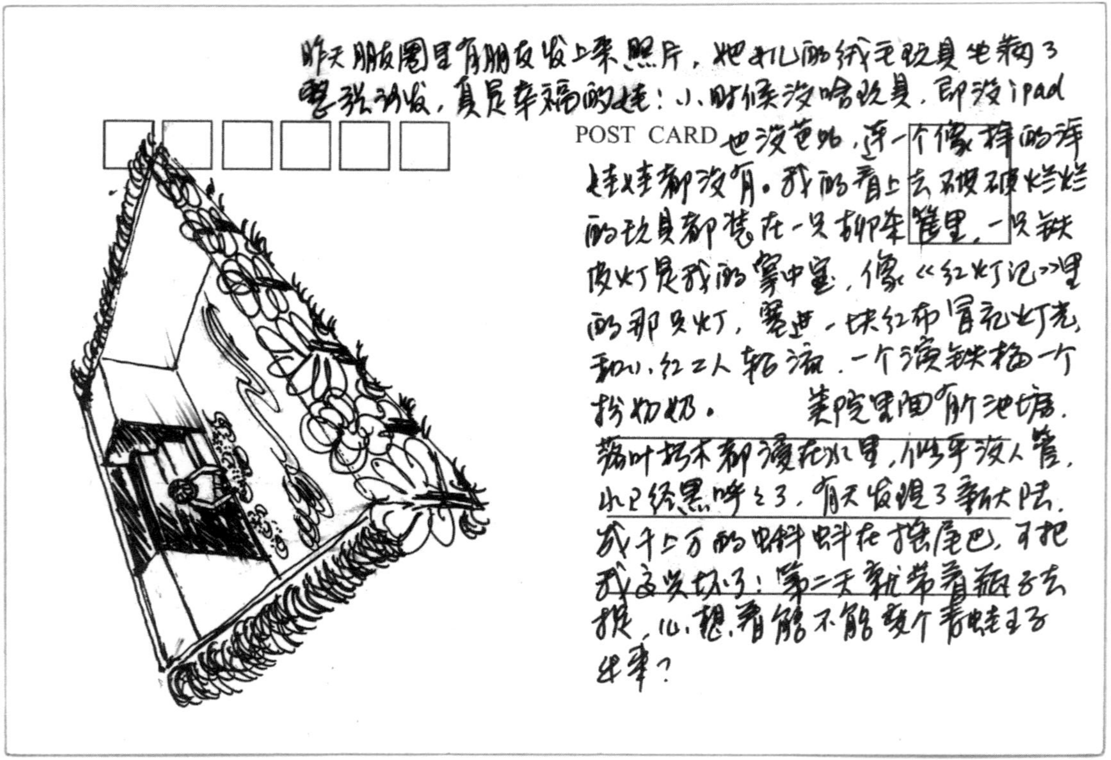

昨天朋友圈里有朋友发上来照片，她女儿的绒毛玩具堆满了整张沙发，真是幸福的娃：小时候没啥玩具，即没ipad也没芭比，连一个像样的洋娃娃都没有。我的看上去破破烂烂的玩具都装在一只柳条筐里，一只铁皮灯是我的掌中宝，像《红灯记》里的那只灯，塞进一块红布冒充灯光，和小红人轮流，一个演铁梅一个扮奶奶。

姥院里面有个池塘，落叶枯木都漂在水里，似乎没人管，水已经黑呼呼了，有天发现了新大陆，成千上万的蝌蚪在摇尾巴，可把我乐坏了！第二天就带着瓶子去捉，心想着能不能变个青蛙王子出来？

老爸被烫伤

老底子大部分家庭都没通自来水，喝的用的都是井水烧开了灌进热水瓶，家家户户最少都要备三四只，再不济就到“老虎灶”去打热水，一分钱一热水瓶，根本不像现在这么方便，有什么净水器啊电热水壶的。

我大一点后，一般情况下烧水的任务是归我的。一把铝制的茶壶灌满水死沉死沉，要两只手才拎得动，烧开了壶的把手也滚烫，要垫块抹布才行，每次都心慌慌的，怕失手掉下来。一天我发烧了，老爸去烧水，真像老天安排好的一样，意外发生了。不是失手了，而是把手断了，满满一壶刚烧开的水全泼在了老爸的脚上，不幸的是正值夏天，一声撕心裂肺的惨叫把我们都惊呆了。从医院回来，看得我心惊肉跳，整条右小腿已经布满大水泡，老爸痛得眉毛胡子全扭在一起了。我无所适从，本来应该是我去烧水的，现在是老爸替我挡了一劫，我手指使劲绕着衣角，哭了。从来没有看到过这样的老爸，也体会不了他的感受。老妈安慰我，说我的运气好，不然

老底子大部分家庭都没通自来水，喝的用的都是井水烧开了灌进热水瓶，家家户户最少都要备三、四只，再不济就到"老虎灶"去打热水，一分钱一热水瓶，根本没有像 POST CARD 现在这么方便，有什么净水器啊电热水壶啥的。

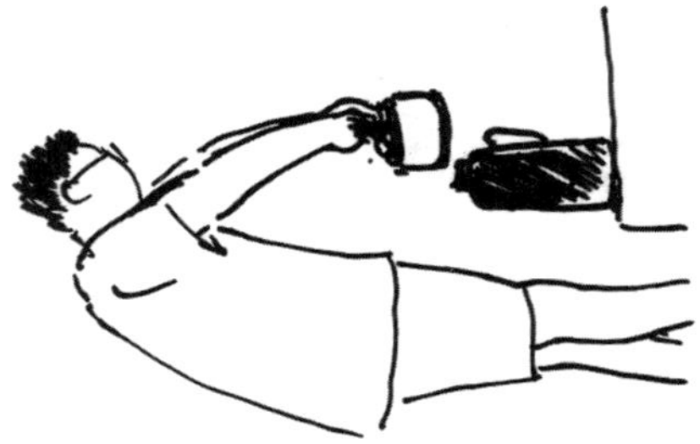

我大一点后，一般情况烧水的任务是归我做的。一把铝制的茶壶灌满水死沉死沉，要二只手才拎得动，烧开了壶的把手也滚烫，要垫块抹布才行，每次都心慌慌的，怕失手掉下来。一天我发烧了，老爸去烧水，真像老天爷安排好的一样，意外发生了！不是失手了，而是把手断了，满满一壶刚烧开的水全泼在了老爸的腿上，不幸的是正值夏天，一声撕心裂肺的惨叫把我们都惊呆了。从医院回来，看得我心惊肉跳，整条右小腿已经布满大水泡，老爸痛得眉毛胡子全扭在了一起，我无所适从，本来应该是我去烧情况肯定还要严重，老爸肯定宁愿自己受苦也不愿我受罪的，把我哄上了床。可怜的老爸，痛得厉害，脚搁在方凳上一宿一宿地坐到天明，真不知那些天是怎么熬过来的。他的腿变得又红又肿，皮肤绷得紧紧的，看上去亮晃晃，水泡越来越大，还好薛家姆妈是护士，带回来针筒，隔几天把水泡里的积液抽掉。过了差不多月余，才慢慢好起来。

惠华——烧饭去

我在外婆家的时候二舅、小舅、三姨、小姨都还没结婚也找不到工作，连同外婆和我们三个小的一共八个人都是吃闲饭的。怎么办呢，这么多人？大舅、大姨和我妈已经结婚有工作了，商量好了，他们三人每月交月规钞票10块给外婆，后来我们三个小鬼由外婆管着，大姨和我妈再拿出抚养费每个小孩10块，大姨条件稍好一点，又有两个孩子，就多交5块。这样，每月一共65块，要管5大3小的衣食住行，到了月底百分之二百还是不够要去借，下个月等到老妈她们钱拿来了再去还掉，就这样过着捉襟见肘苦哈哈的日子。

晚上睡觉，表哥和外婆一个被窝，我和三姨一起，脚后头是表妹和小姨，二舅、小舅睡另外一张床。冬天，早上，把我们一个个挖出被窝就领到后院一个高土坡上晒太阳，一人一张小凳子坐好，那时也不刷牙的，洗了脸就开始喂泡饭，有时是外婆喂，有时是三姨，油条猪油拌饭的味道太好了。

大约到了要烧中饭的时光，外婆就叫了：惠华——烧饭去。是叫三姨。这句话被我牢牢地记住了，觉得每个烧饭的人就是叫“惠华”这个名。回家后，叫老妈烧饭也脱口而出：“惠华——烧饭去。”

老伯伯家的小娘舅

大娘舅的弟弟我叫他小娘舅，长着超模刘雯式迷人的酒窝，皮肤白皙，完全继承了他妈妈的基因，虽然现在已是爷爷级了，仍旧是老帅哥一枚。俗话说：儿子像娘，金子打墙。没错，小娘舅多才，不光会画，还会拉小提琴，时不时地拉上一曲，听到最多的是《梁祝》。小提琴被小心翼翼地取出来，我其实非常想去碰一下琴弦，试试是啥感觉，但怕小娘舅骂，不敢。五线谱摊开，我就晕啊。密密麻麻的小蝌蚪挤一起得意地摇着尾巴在嘲笑我。

试想一下，如果我小时光学一样乐器会如何？第一肯定会看五线谱，其次至少不会唱歌老跑调，害得我不敢去 K 歌，第三学校演出应该有我份吧。从小到大从来没登台演出过，人生一大缺憾。总算前几年单位演出跳了一回喜儿。

小娘舅随着知识青年上山下乡的大潮去了萧山，回来探亲，讲那边生活的艰苦，要啥没啥，甚至烧菜的油也没有。我记得最牢的是：当地农民把酱油当菜油用，只因为二者都有个油字，而且也很金贵的，一般日子是不放的，逢年过节才象征性地滴几滴。用光了实在没法，要去买了，拎了瓶儿走在路上，见一个就大声打招呼“伢去打酱油去哉”，生怕别人不知道。

老封建

叔叔娶了农村媳妇，扎根在了广袤的田野里。堂哥荣是叔叔的大儿子，长我两岁，他还有两个妹妹。我第一次见他是奶奶带他来了我家，约莫七八岁的样子。衣服那个脏啊，已经起了亮光。鼻头因为擤鼻涕的缘故被揪得红红的，两条黄龙还不时地流出来，又被他用力地吸回去，“咕咚”咽了下去。他不怎么说话，现在想想大概一是怕羞，二是听不懂，只有奶奶跟他说得上话。

奶奶是个老封建，重男轻女思想非常严重，严重到什么程度呢？举个例子噢：一脚盆衣服，一般么总是分内、外衣裤洗，奶奶不是这样分的，她是分男、女的，一定是洗完男的衣服再洗女的。外婆实在看不惯，跟她说要先洗内衣再洗外衣，但没用，下一次还是老方一帖。吃饭了，奶奶给堂哥夹很多菜，不给我夹，美其名曰：他是客人。哈哈，不夹就不夹，我自己来，“哈呼！哈呼！”碗端得高高的，假装扒了很多饭，满满地夹一筷子菜。

叔叔娶了农村的媳妇，扎根在了广袤的田野里。堂哥柒是叔叔的大儿子，他还有二个妹妹。我第一次见他是奶奶带他来了杭州，约莫7、8岁的样子，衣服那个脏啊！门襟这里已经起了亮光，鼻头因为擤鼻涕的缘故被搓得红红的，二条黄龙还时不时地流出来，被他用力地吸回去，"咕咚！"咽了下去，我的喉头不禁一紧。他不怎么说话，现在想想大概一是怕羞，二是听不懂，只有奶奶跟他说得上话。奶奶是个老封建，重男轻女思想非常严重，严重到什么程度呢：举个例子吧：一脚盆衣服，一般人家是分内外衣清洗，奶奶不是这样分的，她是分男、女的，一定是先洗完男的再洗女的，你们造吗？外婆实在看不惯，跟她说要先洗内衣再洗外衣，但没用，下次还是老方一帖！吃饭了，奶奶给柒夹很多菜，不给我夹，美其名曰：他是客人！哈哈，不夹就不夹，我自己来。

"哈呼！哈呼！"碗筷扒得乓乓响，假装扒了很多饭，满满地夹了一筷子菜。

长睫毛

作为一个曾经的、标准的吃货，我的脂肪值达到了爆表的程度，仍呼朋唤友地在杭州城里的犄角旮旯到处去找没吃过的。确实，打小就觉得吃嘛嘛香，最夸张的记录是在初中，烧了一大碗青菜粉丝汤出来，干光！再烧一碗，还是光盘！一连三碗！而且就这一碗菜过饭！小时候，大姨到我家就羡慕我和弟弟的好胃口，因为表哥和表妹吃饭像喂小鸟吃一样，让她发愁。小时候吃饭，奶奶是不允许剩或者掉一粒饭的，碗、桌要干干净净的，不然要挨骂的，这个好习惯我也教给了儿子。一天，吃了饭，我发现左手臂上沾了一粒饭，“赶紧捡了吃了它。”伸出手去捡，“怎么回事？怎么捡不起来呀？”心里疑惑，抬头，“噫？怎么这粒饭到天上去了？”又看手臂，还在，但还是捡不了，巧巧姨娘她们在旁边看牢我多变的表情，已经笑岔了气。原来这粒饭沾在了我的下眼睑上，所以，看到哪里这粒饭就到哪里。

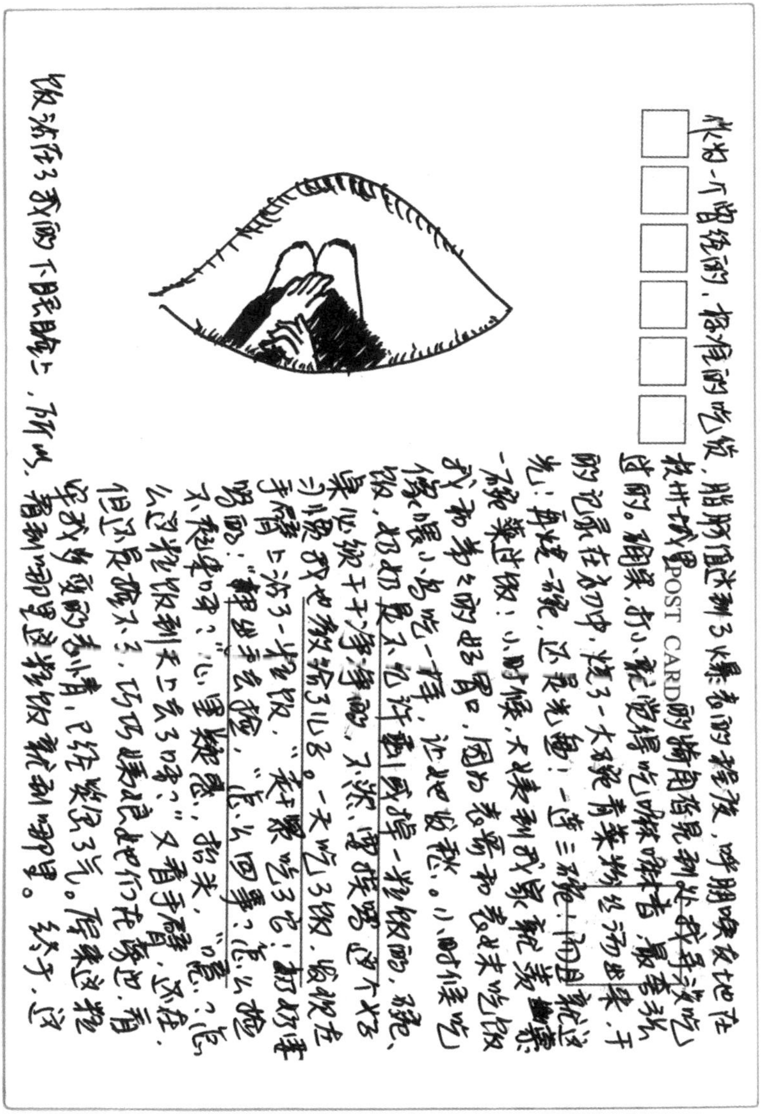
作为一个曾经的，标准的吃货，脂肪值达到了爆表的程度，呼朋唤友地在
杭州城里
POST CARD
的犄角旮旯到处找寻没吃
过的。确实，打小就觉得吃嘛嘛香，最夸张
的记录在初中，烧了一大碗青菜粉丝汤出来，干
光！再烧一碗，还是光盘！一连三碗！而且就这
一碗菜过饭！小时候，大姨到我家就羡慕
我和弟弟的好胃口，因为表哥和表妹吃饭
像喂小鸟吃一样，让她发愁。小时候吃
饭，奶奶是不允许剩/或掉一粒饭的，碗、
桌必须干干净净的，不然，要挨骂，这个好
习惯我也教给了儿子。一天吃了饭，发现左
手臂上沾了一粒饭，"赶紧吃了它！"奶奶催
促的："拿出手去捡，"怎么回事？怎么捡
不起来呀？"心里疑惑，抬头，"噫？怎
么这粒饭到天上去了呀？"又看手臂，还在，
但还是捡不了，巧巧姨娘她们在旁边，看
了我多变的表情，已经笑岔了气。原来这粒
饭沾在了我的下眼睑上，所以，看到哪里这粒饭就到哪里。终于，这

再忆外婆去世

今天，2014 年 9 月 27 日，外婆去世 44 周年。老妈、三姨她们到小舅家给外婆“做飨”，烧了许多“稞儿纸”，打算让外婆也买只 iPhone6 用用。晚上又叫了我们几个小的，席间回忆起出殡当日的情景，我给它还原一下：

44 年前的今天早上，老妈正在上班，有人来叫她去接电话，一听是小姨的声音，心跳就加快了，因为知道外婆就在这几天了，关照过了小姨和小舅，一有情况就打电话。果然，小姨哭泣着：英儿，姆妈不对了，你快来！老妈扔了电话就去请假，然后直奔红门局大舅家。刚好大舅是上深夜班，在家，听到了情况非常镇定，颇有大将风度，转身从抽屉里取了钱，用报纸一包放进袋子，跨上脚踏车就向外婆家飞去。这些钱是早就预备好的，大舅眼看着外婆一天不如一天，就让大家每个月交 5 块给他，留着做后事用。红门局和我家住的华光巷很近，老妈又回去通知老爸。大舅到了庆春路这里，

今天，2014年9月27日，外婆去世41周年。老妈、三姨她们到小舅家给外婆"做祭"，烧了许多"锞儿纸"，打算让外婆也买只资病的用用。晚上又叫了我们几个小的，老同回忆起出殡当日的情景。我给它还原一下：41年前的今天早上，老妈正在上班，厂里叫她去接电话，一听是小姨的声音，心跳就加快了，因为知道外婆就在这几天了，关照小姨和小舅过一有情况就打电话。果然，小姨哭着：姐儿，姆妈不对了！你快来！老妈打了电话就去请假，然后直奔红门河大舅家。刚好大舅是上夜班，在家，听到了情况非常镇定，颇有大将风度，转身从抽屉里取了钱，用报纸一包放进兜了，跨上脚踏车就向外婆家飞去。这些钱是早就预备着的，大舅眼看着外婆一天不如一天，就让大家每个月交5块钱给他，留着做后事用。红门河离我家住的华光巷很近的，老妈又回去通知老爸。大舅到了报看路这里，想起来还没通知大姨，就用公用电话打到了大姨的厂里。

还没进外婆家门，就听得里面哭声一片了，外婆已经没了。可怜外婆前半生的荣华富贵没延续，年过半百英年早逝。大

想起来还没通知大姨呢，就用公用电话打到了大姨的厂里。

还没进外婆家门，就听得里面哭声一片，外婆已经没了，可怜外婆前半生的荣华富贵没延续，年过半百就去世了。大舅铁青着脸，强忍着不哭，知道小姨、小舅年纪还小，已经乱了方寸，自己现在该干一件大事，还没到哭的时候，等大姨和老妈来要来不及的：给外婆入殓。大舅吩咐烧水，取出寿衣，小心翼翼、仔仔细细地给外婆擦干净，我记得给外婆穿衣服是把外婆翻身俯卧，大舅站床上，把寿衣反穿到自己身子前，再穿到外婆身上的。最后一把巾子放下，大舅再也控制不住，跪在床边，捶胸顿足，悲声顿起。

三天后的半夜里，有个人拉着一辆平板车来，大家把棺材搬上了车，是要拉到丁桥安葬。大舅、二舅、大姨夫几个跟着去了。二舅说：不知啥原因，开始走的这段路，看那个人拉着是一副很重很吃力的样子。等走到体育场路了，就显得轻松了，他们几个都跟不上。我想：是不是外婆不愿走啊……

大舅家

大舅原来住在离我家不远的红门局（现在住在体育场路），就在现在的西湖银泰这里，老妈经常带着我去串门。墙门里有靠十户人家住着，一进院子大门就是一个大的天井，被中间一条小路分成两块，各有一口水井蹲着，这样的格局我越看越像一个人的脸，小路是鼻子，水井是两只眼睛，两个台阶就是嘴巴了。有意思的是这条小路有顶的，这样从左边的厨房烧好菜端出来就不怕下雨了，但大舅轮不着在这个厨房里烧饭，估计里面已经满起满到了，只好在房间里用煤油炉子烧，真是艰苦。老底子的房子大部分是板壁，漆得黑幽幽的，大舅家也不例外，走上台阶就觉得眼前一暗，要摸摸索索着向前走，我很不喜欢。大舅家就在这个通道的右边。而过了通道，后面好像还有一个小院子，我胆子小从没走过去过，只听见过后面有人唱过样板戏。

我喜欢的是院子里有人养鸽子，有时一推院门，地上就有两只鸽子卿卿我我地在嘀咕着什么，有时嘴对着嘴在给对方喂豆子。它

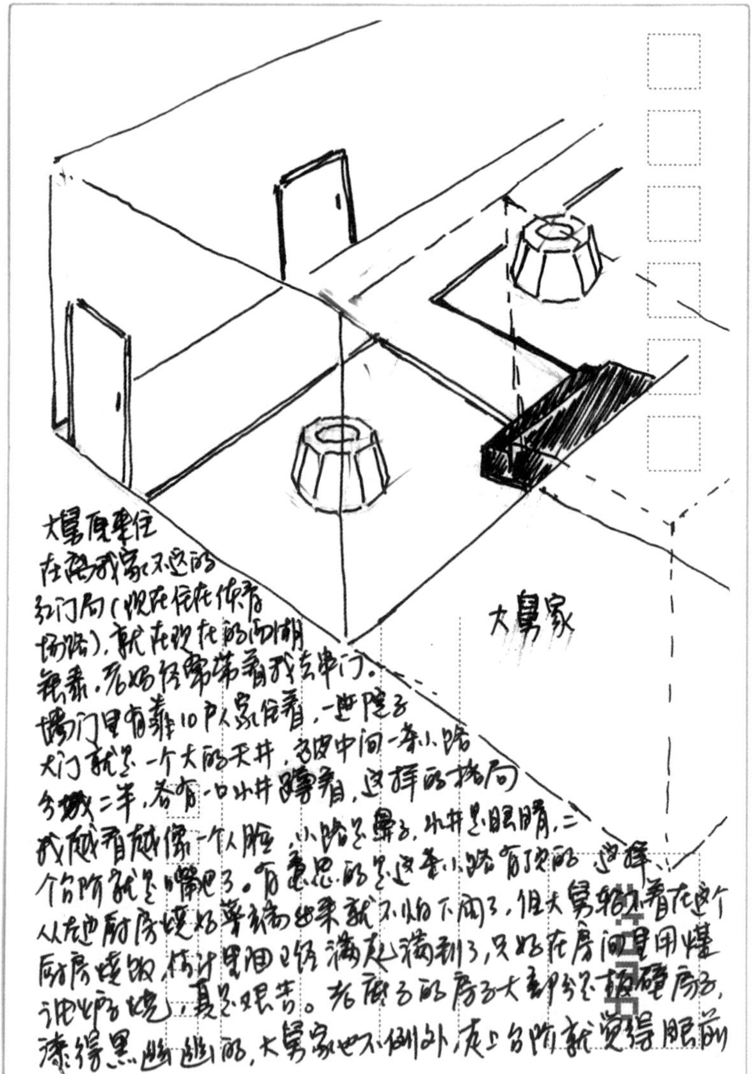
大舅家
大舅原来住
在离我家不远的
马门向（现在位在体育
场路），就在现在的西湖
银泰。老妈经常带着我去串门。
墙门里有差不多10户人家住着，一进院子
大门就是一个大的天井，天井中间一条小路
分成二半，各有一口小井蹲着，这样的格局
我越看越像一个人脸，小路是鼻子，小井是眼睛，二
个台阶就是嘴巴了。有意思的是这条小路有顶的，这样，
从左边厨房烧好菜端出来就不怕下雨了，但大舅家人多在这个
厨房烧饭，估计里面已经满足不了，只好在房间里用煤
油炉烧，真是艰苦。老底子的房子大部分是板壁房子，
漆得黑幽幽的，大舅家也不例外，走上台阶就觉得眼前

们也不怕我，老妈进去找大舅了，我就蹲着看鸽子，它走到哪我就跟到哪。

大舅妈是个漂亮贤惠的女子，大大的眼睛白皙的皮肤，我很喜欢看她，老妈说她会唱戏，但我一次都没听见她唱过。可惜十几年前她生病过世了，我苦命的表妹才二十几岁，伤心至极，根本无法面对大舅妈曾经生活过的空间、用过的东西，于是漂洋过海，远走他乡，去了日本，去年才回来定居。

游园会

国庆节的微信朋友圈里满眼都是晒旅游、晒聚会、晒美食的，有孩子的当然晒玩耍节目。现在的孩子多幸福，想去哪里玩，一脚油门就到了，而且节目丰富多彩，父母三陪——陪吃、陪喝、陪玩，时髦的说法叫“亲子活动”。这不禁使我想起了小时候，好像大人都在为生计奔波忙碌，哪有这么多时间来陪你，再说玩的地方一只手都数得过来。眼巴巴地盼望过“六一”节，只因为学校里举办游园会，可以痛痛快快地疯玩一天。

当然，“六一”节的重头戏是加入少先队的入队仪式。我是一年级第二批加入的“红小兵”，当时还没有恢复“少先队”这个称呼，红领巾是由学姐给系上的。人在会场里，心已经飞走了——教室像变魔术般地换了样，花花绿绿的在召唤我们。一人捏着一张表格，满脸兴奋，像只无头苍蝇般的这里看看，那里瞅瞅，有钓鱼、爆破、扔圈、考记忆力……完成一个项目可以在表格上盖一枚章，累积有奖励。奖励品无非是一些学习用品，铅笔啦本子啦，虽然看起来不值钱，但是这是一种价值的体现啊。整幢楼是到了要被掀翻的时候。

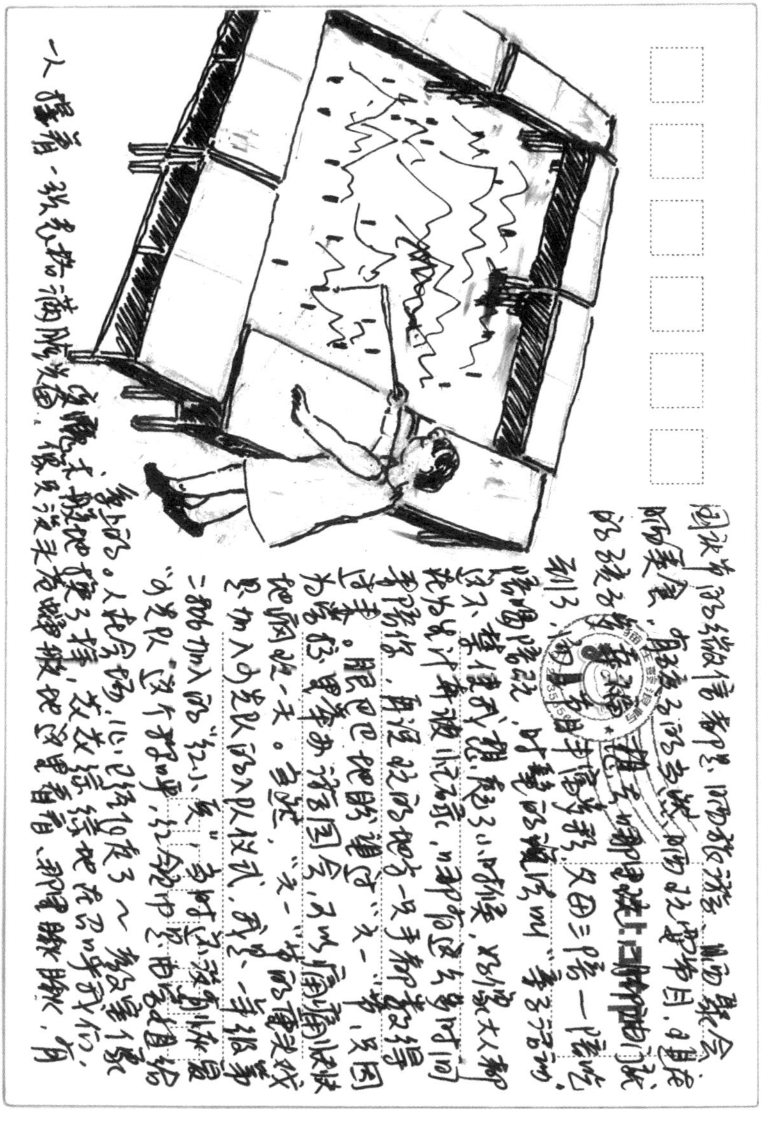

国庆节的微信都是晒旅游、晒聚会、晒美食，有孩子的当然晒孩子节目。但是我的孩子想去哪里玩……由们说到了，节目丰富多彩，又因三陪一陪吃、陪喝陪玩，时髦的说法叫"亲子活动"，这不禁使我想起了小时候，好像大人都在为生计奔波忙碌，哪有这么多时间来陪你，再远玩的地方一只手都数得过来。眼巴巴地盼望过"六一"节，只因为学校里举办游园会，可以痛痛快快地疯玩一天。当然，"六一"节的重头戏是加入少先队的入队仪式，我是一年级第二批加入的"红小兵"，当时还没有恢复"少先队"这个称呼，红领巾是由学姐给系上的。人在会场，心已经飞了～教室像变魔术般地换了样，花花绿绿地在召唤我们，一人攥着一张老早备的满脸说番，像只没头苍蝇般地这里看看、那里瞅瞅，有

踩冬腌菜

前几天有朋友在微信圈里发了文章《踩白菜》，这几天就看到院子里有勤劳的主妇在晒长梗白菜了，是不是早了点啊？杭州人唤作“冬腌菜”，我的记忆里也是冬天腌的。小时候家里年年腌，踩的任务当然是归我的。

腌之前的准备工作要做到位，买来不用洗，先晒个几天，有点蔫了就挑一个背阳的地儿，堆起来直至叶子发黄。这一步骤至关重要，直接影响冬腌菜的品质。接着才是踩。以前大部分人家都有缸，打了井水洗干净，秤上五六斤粗盐，一切就绪，我隆重登场。为啥要小孩子踩呢？有人分析过的，大人的分量太重，会把白菜的纤维踩断，这样腌出来的冬腌菜烂糟糟的，而一个八九岁孩子的重量刚刚好。杭州人还有一个说法不知是真是假：长“香港脚”的人踩出来的冬腌菜又脆又香，想想有点腻心。

老妈放下一“皮”菜，洒了盐，我洗干净脚跳进去，冰冰洇，脚底板么戳死，踩了一会儿就没感觉了，整个人也热乎起来……完了要覆一张篾子，上面再压块大石头，这样过几天就有汁水慢慢地洇出来了，要过差不多一个月才能吃。炒二冬、开洋冬腌菜汤是我喜欢吃的。

买棉布

又到换季时节，整理衣柜发现了一块布料，圈成一圈，用纸绳扎着，外面的包装纸上印着：杭州大厦。喂，小张张您好！我是杭州大厦博物馆，为庆祝大厦成立 100 周年，我们在征集有关大厦的旧物，听说您有 100 年前的一张衣料包装纸，我们想用一套 Dior 高级女装跟您交换，可以吗？哈哈，可以可以！——做你的春秋大头梦！

小时候的衣服都是老妈做的，羊坝头的高义泰棉布店是百年老店，赫赫有名，离我家也近，老妈就认牢这里去买的。店里卖布没啥花头，有趣的是收钱的方法：每个柜台上空都装着一根铁索，挂着几只夹子，营业员收了钱，连同清单一起用夹子夹牢，用力一挥手，刷地一下，像飞毛腿一样飞到二楼一个小窗口前，从窗口里伸出一只纤纤玉手接下，过一会儿这只勤劳的夹子又被玉手的主人打发回来了，像极了古代情人间暧昧的通信。

收款

爆炒米胖

爆米花被杭州人称为爆炒米胖，大概是一粒米变胖的缘故。记得小时候，总要隔很久才会有一个老头拉着装有爆米花工具的车来，远远地看见了，便飞快地跑回家，把这个好消息告诉大人，舀上一碗米，带上篮子又飞奔回来。等老头在一个避风的角落里支起炉灶时，前面已经很自觉地排起了长长的队伍。老头随身带着一个白搪瓷茶缸作量具，一炉刚好倒进一缸子米，好像只需要一毛钱还是两毛钱便可。

老头爆米花时非常投入，身子随着左手拉风箱的节奏前后摇摆，右手摇着熏得墨墨黑的装爆米花的圆铁锅。风箱呼哧呼哧喘着，铁锅吱扭吱扭叫着，一分钟，二分钟……在我们焦急的期盼中，老人终于用一种高深莫测的表情看了看仪表说“好了”，接着就直起身，用一只脏兮兮的麻袋，把那铁锅扎紧裹住，拿跟铁管子套住铁锅盖子的开关，一脚用力踩到锅身上。这时，小伙伴们赶紧四散而逃，

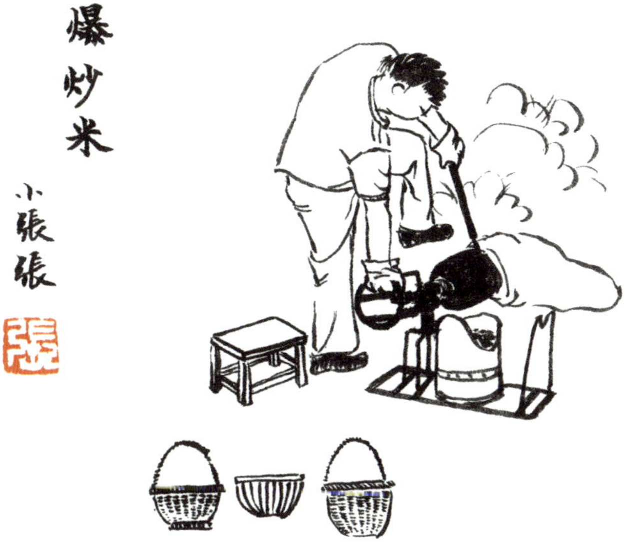
爆炒米
小張張
張

小的吓得躲到大的后面，大的则用手紧紧地捂住耳朵，眼皮不停地眨。惶恐中，只听得老头高声叫道“响喽——”“嘣”的一声爆响，香喷喷白花花的爆米花出炉了。大家赶紧抢上前去，捧上一把滚烫醇香的爆米花放到嘴里，慢慢含化。那香甜的味道真是世上少有的，这么长时间的等待，值了！

那时候大部分家庭生活拮据，孩子没啥零食吃，所以大人们总是同意爆几锅米花放在家里。稍微富裕的人家还会爆些年糕胖、黄豆之类的，总之，只要能爆的都拿去爆。不过，平时要省着点，只有等到过年时，大人们才会把大袋的米花拿出来，让我快快活活地吃个够。

现在爆米花也不再是什么稀罕物了，大街上再也难觅传统爆米花的身影。电影院里出售的爆米花，舶来品，曰“哈立克”，远处闻着就有一股浓浓的奶香，吃起来却不香，总觉得缺了点什么，心中不免有几分惆怅和落寞。

拔牙

同事的孩子自从换第一颗乳牙开始，往医院不知跑了几趟，拔牙、整牙、装牙套，繁琐的事情一桩接一桩，花费钱财不说，主要医院里排队吃不消。

想想我们小时光拔牙，简单得不能再简单了，就一根棉纱线，搞定。跟现在比起来，感觉就像屌丝 PK 高富帅。某天早晨醒来，习惯性地舔了舔那颗被自己掰了好几天的牙齿，感觉比昨天又能向前多晃出 3 度，嗯，满意地用舌头再使劲踢了它一下，希望它滚出来，看看它长啥样。可等了好几天，它还是坚强地立在原地，一点也没有要离开的意思，真是“牙坚强”。再不掉新牙要冒头了，老妈扯了一根棉纱线来给我施行手术了。这种事情必须老妈来做，手够重够狠。这点从她给我编的像帽翅一样笔挺的小辫上可窥端倪。不然吃痛起来可不得了，我亲眼看见小红的奶奶轻手轻脚地连拎两下，小红的头跟着狠狠地颠起来，痛得她哇哇大哭。

“不要你的金牙，不要你的银牙，只要你的老鼠牙。”这是小伢

拔牙

想想小時光，拔牙簡單得不能再簡單的事，就一根棉紗線搞定。某天早晨醒來，習慣性地舔了舔那顆被自己搿了好幾天的牙齒，感覺比昨天又能向外多晃出來了一點點，嗯，滿意地用舌頭再使勁地踢了它一下，希望它掉下來。可等了好幾天，它一點要掉的意思也沒有。老媽扯了根棉紗線來給我施行手術了。拔下來后按不同的長的地方扔到不同的地方，上頜牙扔床底，下頜牙得扔房頂，這樣儀式才算結束。

小張張
甲午九月

儿换乳牙时候必唱的童谣。被棉纱线拔下来的牙齿像件出土文物般小心地拢在手心里，唱完歌还要按照牙齿长的地方不同，扔到不同的地方。上颌牙要扔床底，下颌牙要扔房顶，至此，仪式才结束。

金奶奶家

弟弟小我8岁，他一周岁断奶后，老妈也想把他带去厂里的托儿所，但实在是力不从心，经一个好心外婆介绍，把弟弟托给了巷子前面墙门里的一户人家，好像姓金，我叫她金奶奶。她家五口人，夫妻二人加两个儿子一个女儿。给我的感觉是一家的重担全压在金奶奶的丈夫身上，因为我每次去接弟弟都不太见得到他，而其他人都在，所以对他没什么印象。照顾弟弟的主要是金奶奶和她女儿，还要烧饭、洗衣、做家务，而两个儿子却游手好闲什么都不干，没有工作，还到处惹是生非。隐隐地听大人谈天中讲大儿子是坐过牢的，放出来没单位要，只能在家吃白饭，还不学好，是个“木郎”（杭州话中对小流氓的叫法）。我听了心慌，老妈听了也犯愁，那时对“木郎”“财星婆”是避之不及，整个社会给了这么带有侮辱性的称谓，可想而知这一阶层的人多么不招人待见。

一天放学我去接弟弟，因为我回家最早，这个任务是归我的，难得一见的金奶奶丈夫回来了，一家人围坐在饭桌上，他眯着小

接弟弟回家
小張張

酒。我进门还好好的，从金姐姐手里接过弟弟要出门了，一只碗从我身边打着旋飞过，菜汤像一把彗星尾巴，急急地向墙壁撞去，“乒”“乓”——不知儿子哪里惹恼了金奶奶的丈夫，拎起碗就向他扔去，儿子也不甘示弱，回敬老子。吓得我魂飞魄散，夹紧弟弟一溜烟跑回家。老妈决定不把弟弟放过去了。

外婆的年夜饭

老公回家说，要过年了，去买点年货吧。年货？感觉恍如隔世，属于上个世纪的专属名词了吧。去超市，叫年货的东西比比皆是：糖果、花生、大红春联……只要掏出钱来买就是，却再也没有了一份专属的期盼。

小时候过年天气就比较应景，下雪下得就像个年样，晚上套了雨靴去院子里踩雪，咕叽咕叽地留下一串脚印，再像只笨小狗一样低下头在雪地里印个脸模型，一连好几个，画上长颈鹿身子、小猫身子，想什么画什么。

外婆挂在厨房屋檐下的豆腐冻得“石刮铁硬”，暖暖的灯光慵懒地斜伸出来，点雪成金。外婆在灯下奋战，两只炉子的火拨得旺旺的，锅子被雾腾腾的热气罩着，香喷喷的，冒出幸福的味道。战利品排在桌上一溜。靠墙一只只钵头，大肚小口，厚厚墩墩，像一排忠实的卫士，油润的鲞焐肉、酥软的黄豆烧肉骨头、鲜结的腊笋烧肉……在钵头里等着慢慢结冻。正月里有客人来，挖出一碗，饭锅

里一蒸就是待客的佳肴，天气足够冷不用担心变质。这些都是平时吃不到的，馋。外婆正在做蛋饺，格外开恩允许我先吃一只。那速度，赶得上猪八戒吃人参果啊！

有新衣服穿，有平时没得吃的东西吃，有冷得哆嗦却开心的雪地，有外婆烧菜的身影，多好。

结束语

今日感恩节。

整理桌子，又翻出了一张空白的明信片，这应该是最后一张了，原来以为用光了，已拿了别的纸在用，不想又找出了一张，这应该是真正最后一张空白的明信片了，看来我的童年的回忆今天也是最后一篇了。数了数，算上今天的这篇，一共 84 篇，儿时的回忆太美好，真希望得阿尔茨海默症，永远只记得以前的事，真希望装满记忆的沙漏不要流失，午夜梦回里全是甜蜜。感谢愿意看、有耐心看的朋友们。

自从决定要写一些儿时的小事儿起，原本让生活逼得木讷的思维文艺起来，一件件、一桩桩事情迫不及待地跳出来，事儿虽然小，但那些回忆是那样地让自己感动。回忆让世界变得安静，让人放松，让人温暖，因为有了这些回忆才能让自己不断进步，不断成长。

写的过程中发现自己没有被房子、车子、工作……消耗掉，原来欢乐没有远去，只是尘封在内心深处。

儿时的太阳很暖，天很蓝，星星很亮。

南
东
POST CARD